叱られる力

聞く力2

阿川佐和子

文春新書

960

まえがきにかえて

おかげさまで、二〇一二年一月に出版した『聞く力』が、予想をはるかに超える売れ行きとなりまして、改めて買ってくださった読者の皆様に心からお礼申し上げます。図書館で借りて読んだ方にも、もちろん感謝しております、ホントに。

今まで自分の書いた本がこれほど増刷を繰り返した経験はなかったので、「どうしてこんなに売れたの？」と人に聞かれても答えようがない。その秘訣がわかれば他の本も売れるはずですからね。小説やエッセイ本にかぎらず、映画や音楽や芝居でも、よほどの策士でないかぎり、どうしてヒットするかは、当の本人にだってわからないのが常と言われます。実際、私が『聞く力』をどういう意図で書いたかということすら、書いた当初は漠然とした心境でした。『聞く力』に関連した取材を受けるとき、必ずと言っていいほど投げかけられたのは、この質問です。

「この本で、何をいちばん伝えたかったのですか？」

私は別にインタビューのハウツー本を書くつもりはなかったのでありまして。たまたま担当編集者が長年の仲良しで、彼から「新書を出しませんか」と声をかけられて、「新書なんて学術分野の舞台で私が書くテーマはなにもないです」と答えたら、「でも二十年間、週刊文春でインタビューの連載をしてきたのだから、いろいろ思い出はあるでしょう。それをまとめてみましょうよ」「そんなもんですかねえ」ってな軽い調子で引き受けたまでなのです。だからこの本がまとまったとき、「これは新書というより、『聞く』というテーマのエッセイ集だね」とある人に指摘され、まさしくおっしゃる通り！　と膝を叩いたくらいです。

ところが、『聞く力』を出版してまもなく、朝のテレビ番組で、私の本について取り上げてくださることになりました。私はスタジオには行かず、その朝、自宅で見ていました。すると、なぜこの本が売れたのか、出演者があれやこれやと語り合ううちに、コメンテーターの一人であった作家の吉永みち子さんがこんなことをおっしゃったのです。

「今、世の中ではコミュニケーション能力を身につけるための本がたくさん出ています。でも、そのほとんどが自分の意見や気持を相手に伝えるための発信力に関する本ばかり。そのなかで、この『聞く力』は発信力ではなく、むしろ受信力について書かれています。自分の心を空っぽにしてひたすら受信する。それもまた、コミュニケーション能力の一つではないでしょうか」

ソファに寝そべってぼうっと画面を見ていた著者である私は、そのときカパッと目が覚めました。そうか、そういう本だったのか……。

自分の仕事や行動、発言が、他人のさりげない言葉によってその真意を明かされることはままあります。私自身は『聞く力』を書くにあたって、今までインタビューをしながら失敗したり成功したりしたときのエピソードを一つずつ思い出して綴っていっただけのつもりでしたが、それが一冊の本にまとまってみれば、総じて「受信力」と評された。なるほど言われてみればインタビューで大事なことは、結局、「相手の言葉を受信する」ことに尽きると、改めて認識した次第です。

しかし、たとえそうだとしても、今、なぜ多くの人の共感を得たのか。それが「受信力」というのなら、どうして人々はそれほどまでに「受信力」を求めているのか。私だってインタビューするのは正直、辛いし大変だと思っています。与えられた仕事だから懸命になるしかない。でも誰もが私のようにインタビューを生業《なりわい》にしているわけではないでしょう。なのに、皆さんどうしてそんなに、「人に話を聞く」、あるいは「相手の気持を探る」ことで苦戦しているの？　いったい世の中、どうなっちゃったんだろう……。

突然、話題を変えますが、私は四人兄弟です。兄一人に弟が二人。上の弟が生まれたのは私が八歳のときでした。さらに下の弟は、私が大学に入学した年の春に生まれました。必然、姉である私は若い頃から弟たちの世話をずいぶんしてきたつもりです。おしめを替え、お尻にこびりついたうんちをお風呂場で洗い流し、哺乳瓶のミルクをやったあとは赤子の背中を叩いてゲップを出させ、なかなか寝つかないときは陽の暮れかかった街の景色を見せて、「ほら、エントツさんもおやすみって。からすもバイバーイ。かんかんよぼよぼーしゃ（弟は救急車のことをそう言っていました）もバイバーイ」とゆったりのったり身体を揺らし、弟のまぶたがしだいに重くなっていくのを忍耐強く待ったものです。小学生にして、私はすっかり母親気分でした。育児のおおかたを早い段階から身につけたおかげで、自分が赤ん坊を産んだときはさぞや有能な母親になれるだろうと自負していたくらいです。

にもかかわらず、大人になって人と話をしていると、

「アガワさんって、末っ子？」

あるいは、

「アガワさん、一人っ子でしょ」

そう言われることが激しく多い。

「違います！」

ムキになって否定しました。これほど弟たちの面倒を見て、本も読み聞かせ、あるいは叱りつけ、兄もついでに叱りつけ、厳しい父には「女はできるかぎり台所に立って、母親の手伝いをしろ」としつけられ、気ままな行動は許されず、苦労して育ったはずの私が、なぜことあるごとに「一人っ子？　末っ子？」と、いかにも「さぞや溺愛されて育ったのでしょう。我慢なんてしたことないんでしょう」と言いたげな目つきで見られるはめになるのか。はなはだ不満でありました。するとあるとき、ある人に言われたのです。

「そりゃさ、上の弟さんが生まれる八歳の年までは末っ子だったわけでしょ。その八年間の末っ子気質が身体から抜けていないんだよ」

なるほど。言われてみれば、たしかに私は八歳までは概して奔放に生きていた気がします。もちろん父は怖かったし、怒鳴られてよく泣いてもいましたが、基本的には優しい母と、何より防波堤となってくれた二歳上の兄の背中に隠れて最悪の危機は回避されうる状況にありました。「おにいちゃん」の加護のもと、日が暮れるぎりぎりまで外で走り回り、道なき道をかき分けて冒険に挑み、虫や草花や泥と戯れて空想に耽る毎日を過ごしておりました。あの頃は実に楽しかった。そんな気持が、どうも今の歳になっても抜け切れていないらしいのです。

「八歳まで末っ子」説を突きつけられて以来、私は自分がなぜ、長女気質に欠けているのかが、しだいにわかってきました。溺愛こそされた記憶はないけれど、依頼心が強く、短気なくせに臆病で自己中心的な性格（ほとんど父からの遺伝）は、八年の間にじゅうぶん熟成されていたのです。この情けなくもまぎれのない現実を知り、まったくもって苦労人でないことを悟り、その後は、無理に良い子（って歳ではないですが）ぶることを放棄できるようになりました。

こんなふうに、人に問われたり、あるいは人と話をしたりしているうちに、自らの性格や来し方や数々の習性の整理がつくことはあります。私自身、長らく聞き手の仕事をしてきてそういう場面に遭遇することがままありました。

「話しているうちに気づいたんだけど、考えてみると僕って小学校の頃からほとんど興味のあることが変わってないですね」

映画監督・脚本家の三谷幸喜さんも、三谷さんの映画の美術監督をたくさん務めていらっしゃる種田陽平さんも、映画監督の是枝裕和さんも、小学校時代のエピソードを語ったあと、同じようにそうおっしゃったのが印象的でした。

　三谷さんは子供の頃、自分で人形を作り、物語を書き、舞台もこしらえて、それをお母さんの前で披露するのがたまらなく楽しかったそうです。種田さんは子供の頃、映画館で見た映画のシーンを、ウチへ帰って画用紙に再現し、登場人物や背景をハサミで切り抜いてテーブルの上に並べて遊ぶのが大好きだったとか。もっとも種田さんは親にも友達にもそのことを秘密にしていたそうですが、その幼少時代の興奮の記憶が今の仕事につながっているというのですから、素晴らしいというかうらやましい。

　そして是枝監督の小学校時代といえば、担任の先生が生徒に本を読み聞かせたあと、その物語の続きを即興でつくり上げ、続編の中にクラスの生徒の名前を組み入れて、オルガン伴奏をつけながら話してくださったそうです。見知らぬ国の見知らぬ時代の物語でさえ、身近な人間が登場するや、たちまち場面がいきいきと動き出す。そんなふうに物語がどんどん膨らんでいく様を見て、是枝少年は「物語をつくる」魅力に取りつかれ、先生のつくった続編に自分が登場しなかった日などは、家に帰ってから、是枝君の役を新たに加えた物語の続きをつくって遊ぶようになったといいます。

「思えばあのとき勝手な物語をたくさんつくったことが、今の映画作りの仕事につながっている気がします」

いい話でしょ。

もちろん、そんな「いい話」を私のインタビュー力だけで掘り当てたわけではありません。私に語る前からご自身、薄々わかっていらしたにちがいないのです。でも、聞き手の前でだらだらぐだぐだ話をするうちに、ああ、そういえば、あれが自分の原点だったかなと気づいたり、自分はこういう行動をする傾向があるなと再認識したり、つねづね心に引っかかっていたことではあるけれど、やっぱりそうなんだなあと思い至るきっかけになることは、あるのです。

私も『聞く力』を出版したあと、普段、聞き手である私が、立場を反転させて多くの雑誌やテレビのインタビューを受ける側にまわりました。さきほど書いたとおり、「どうしてこの本をまとめようと思ったのですか」とか「インタビューでいちばん大事だと思っていることはなんですか」とか、ろくに意識もしていなかった問いが次々に突きつけられます。慌てて考えます。いい言葉を探そうと努力します。そうこうしているうちに、ああ、そういえば私がインタビューをするときにいちばん大事だと思っているのは、相手に不機嫌になってほしくない、怒って帰ったりされたくないということだ。だからこそ、その人の気持にできるだけ寄り添おうとする。すなわち、「相手の言葉に耳を傾ける」ことに尽きる。そうか。と、改めて気づいたのです。これは、吉永みち子さんのコメントを聞いたり、人から質問されたりしなければ覚醒しなかった感覚です。

さらに、『聞く力』を書いたことにより、加えて『聞く力』の取材を受けることがきっかけとなって、新たな疑問や関心も次々に湧いてきました。ふーん、今の若い人たちは、そういうことで悩んでいるんだ。職場ではそんなことが起こっているのか。どうしてこんなことで落ち込まなきゃならないの？　さまざまなメディアの取材を受けながら、質問をされている途中でときどき逆質問をしたくなりました。そして、今まで知らなかった今の時代の人々の心の内側がチラチラと見え始めたのです。

つまり、どうもみんな怖れている。見知らぬ人を。友達を。上司を。部下を。家族を。面と向かうことを避け、話をすることに戸惑い、話を聞くことにも逡巡し、仲良くなりすぎることに警戒し、傷つきたくないと身を固め、でも一人になることには心底、恐怖を抱いている。まるで殻に閉じこもった小動物が小さな穴から遠慮がちに外を覗いて、恐る恐る外界と接しているかのようです。どうしてこういう事態になったのか。本当にこういうことになっているのか。私はどうなのか。かつての自分はどうだったのか。日本人の全員にアンケート調査をしたわけではないので確証はありませんが、もし、「そんなこたあ、ねえだろう。誰もが対人関係を怖がってなんかいねえよ」という意見が大半だとするならば、私の『聞く力』がこんなに売れることはなかったのではないかと思うのです。

そこで。

二匹目のどじょうを狙うつもりはない（とは言い切れない）本書では、『聞く力』から派生して生まれた新たな疑問を、著名人に限らず、折々に出会ったさまざまな立場の人にぶつけ、ときに杯を酌み交わしながら「他人とつき合うとき、みんな、どうしてる？」問題について取材してまわった意見や悩みを私なりに解釈し、つれづれに語っていきたいと思います。

では、そろそろ始めることにいたしましょうか。

叱られる力　聞く力2◉目次

まえがきにかえて　3

I　叱る覚悟と聞く力

「ステキ」を誉め言葉に変換する　18
「私、人見知りなんです」は甘えじゃないの？　24
最初に本性をさらけ出す　32
「下心」で人見知りを克服　36
「失礼ですが……」は失礼です　43
後輩を叱る覚悟　55
怖い顔の利点　61
スマートな叱り方とは？　70
叱るルール　77
部下の叱り方①——借りてきた猫の法則　84
部下の叱り方②——セクハラと飲み会　91

「酒場の本音」を肝に銘じる　101
正解を求めない　106
叱られる覚悟　111
親は嫌われる動物と思うべし　119

Ⅱ　叱られ続けのアガワ60年史

その1　「家なき子」事件　128
その2　涙の誕生日事件　131
その3　「お父さんにそっくり」事件　142
その4　「一人暮らし」奇襲作戦に成功せり　147
その5　「子供に人権はない」宣言　156
その6　「志賀先生がお読みになると思え」の訓示　164
その7　「対処法」を会得？　168

Ⅲ　叱られる力とは？

「別れ話」の乗り越え方　172
「最悪経験」を尺度にする　180
ゴルフに学ぶ人づきあいのマナー　189
下心のススメ　196
嫌な言い回し　202
上手な叱り方　214
ユーモアと落語の効用　220
叱られたとき、悲しいとき　227
言い訳は進歩の敵　235

ちょっと真面目な、あとがき　239

I　叱る覚悟と聞く力

「ステキ」を誉め言葉に変換する

『聞く力』の取材をいろいろ受けるうち、ある女性誌から「人付き合いが苦手！　を克服」という特集でコメントしてほしいと依頼を受けました。

「今の二十代、三十代前半の女性に人見知りの人がものすごく増えているんです。人と会うのに緊張するし、上司や仕事関係者とのコミュニケーションもどうしていいかわからないと訴える人が多いんです。『聞く力』を書いたアガワさんは、どうすればいいと思いますか？」

そんなこと聞かれてもねえ。どうお答えすればいいのでしょう。

私は自分が経験したことや、よかれと信じて実践していること、あるいは友達から聞いて、「なるほどそれはいい方法だ」と思った話など、脳みそのあちこちの抽《ひ》き出しをひっくり返して、担当編集嬢に語り始めました。

たとえば、私はテレビの仕事を始めたばかりの頃、番組のボスが怖くて、なるべく怒声がこちらへ飛んでこないよう、目も合わさずにひたすら避けておりました。横を通り過ぎ

のです。

するとあるとき、その番組のアナウンサーだった小島一慶さんからこんなことを言われたのです。

「明日から、番組が終わったあともボスの隣に座りなさい。用事がなくても話すことがなくても、いつも隣に座るようにしなさい」

怖い人の隣なんか、用事があったって近づきたくないと思っているのに、用事がなくてもそばに寄れなんて、そんな酷な。いやだなあ。でも先輩の命令です。従わないわけにはいかない。そこで及び腰ながら、翌日から深夜の生番組が終わってスタッフルームへ戻るたび、怖いボスの隣の席につき、「お茶」と言われればお茶を淹れ、ビールのグラスが空になったらお酌をし、ボスの新聞記者時代の体験談や中東戦争の歴史話などに、よくわからないけれど必死で耳を傾けるよう心がけました。耳を傾けたところで、理解できるわけではないですが、わかったふりをしてたまに頷いてみたりする。すると恐ろしいことに、ボスがときどき私に顔を向け、

「な？」

同意を求めてこられるのです。ギョ。怖いけれど微笑み返すしかないでしょう。でもそるだけで怒られるかもしれないと思い、そばへ近づくことも可能なかぎり遠慮しました。

のときのボスの顔は、なぜか穏やか。本番直前の眉間に皺の寄った厳しい表情とは明らかに違います。そのうち、「なんだか腹が減ってきたな。うどんでも食いにいくか？　どうだい、サワコちゃん」と私を誘ってくださるようになったのです。画期的なことです。

そもそも私がボスを避けていたのは、私が怖がっていただけでなく、おそらくボスは私のことを嫌いだろうと私が思い込んでいたからです。でももしかして、そんなに私を嫌いではないのかな。そんなふうに思ったとたん、私自身の恐怖心がしだいに薄らいでいったのです。

これは正直なところ、率先してやりたくなるコミュニケーション術ではないと思います。私とて、ああ、この人、苦手だなとか、なんとなく会っていて好きになれない、なんて人には今でもあえて近寄りたいとは思いませんからね。でも、そんな苦手タイプとも毎日のように会話をしなければ、あるいは行動をともにしなければ仕事が進まないとかお給料をもらえないとかいう状況になれば、腹をくくるしかありません。好きなタイプの人は後回し。まずはいちばん苦手な人のそばにあえて近寄るのです。そうしてみれば、案外、発見がある。ああ、思ったほどいじわるじゃないんだ、優しいところもあるんだとか……。

今まで「ぜったい嫌いなタイプ！」と思っていた人に、少しだけシンパシーが湧くようになるかもしれません。「苦手、嫌い」という先入観が「そうでもないな」という気持に切り替わるときって、けっこう嬉しいものですよ。しかも毎日がぐっと気楽になるというものです。

そんなエピソードを語り終えると、続いて編集嬢が次の質問をしてきました。

「別に苦手なタイプではないけれど、会話を始めるきっかけがつかめないということもあると思うんですが、そういうときはどうすればいいですか」

そうだなあ。そういうときは……と私が答えたのは、かつてある出版社のベテラン女性編集者に聞いた話です。

ベテラン嬢は仕事ができる女です。長年、一生懸命に仕事をして成果もあげ、作家にも重用され、社内の評価も高い女性でした。が、本人としてみれば、どうも上司のオジサンたちと仲良くなることが難しいと、つねづね悩みを抱えておりました。そんなとき、若い女性編集者が新人として同じ職場に配属されました。この新人が、まあ、驚いたこと。瞬く間に自分が付き合いにくいと思っていたオジサン上司たちと楽しそうに会話をしているではないですか。どうしてあの子はかくもたやすくオジサンの心をつかんでしまうのか。格別、色気作戦を講じているようには見えない。甘ったれ声を出している様子もない。とうとうベテラン嬢は「ちょっとちょっと」と新人嬢を呼び、聞いてみることにしました。

「あなたはどうしてそんなにオジサンたちと仲良くできるわけ？」

すると、新人はあっけらかんとした顔で、

「簡単ですよぉ。誉めればいいんですよぉ」

「誉めるって、何を？」

「なんでもいいですよぉ。ネクタイでも靴でも時計でも原稿でも。いいネクタイですねとか、先輩の書いた原稿、面白かったですよとか」

ベテランは唖然としたそうです。そんなことでよかったのか。自分が今まで努力してきたことは、なんだったんだ。よい仕事をすることこそ、上司の心をつかむ秘訣だとずっと信じて懸命に働いてきた。それなのに上司のオジサンたちは、たかがネクタイを誉められたぐらいで心を開いていたのである。そんなことでいいのかっ！

そんなことだけでいいかどうかはわかりませんけれど、確かに人は、ささやかな誉め言葉に弱いものです。「俺は叱られれば叱られるほどモチベーションが上がるんだ！」と豪語する男性がときどきいますが、そんな人でも、「うまいねえ、さすがだね！」なんてちょろっとでも言われてごらんなさい。機嫌の悪くなれるわけがない。

誉め方もさまざまです。無理に探すとお世辞くさくなるし、「嘘っぽいな」と自分自身が内心で思っていると、どこかにわざとらしさが表れる。だからできるだけさりげなく、相手の姿かたちや言動をじっと観察し、なにか一つでも「ここはいいな、ステキだな」という箇所が見つかったら、それを誉め言葉に変換してみる。そうすれば、相手との関係は格段によくなると、私は信じております、その「誉めればいいんですよぉ」と言った新人同様にね。

「私、人見知りなんです」は甘えじゃないの？

まあ、そんな話を取材にやってきた女性誌の編集嬢にしたわけです。が、語り進むにしたがって、私の頭に一つの疑問が湧いてきました。

二十代、三十代の女性に自分を人見知りだと思っている人が増えているだって？　増えているってどういうこと？

私は言い返しました。

「そんなことを言われたら、私だって人見知りですよ」

「なにをおっしゃいますか。これだけたくさんの人にインタビューしているアガワさんが人見知りなわけないじゃないですか」

いやいや、そういうことではないのです。毎回、インタビューに臨む直前は、できれば家に帰りたいと切に願っているアガワです。長年、私と一緒に仕事をしている担当編集者に聞いてくだされればわかります。アガワはいつも、対談直前に「阿川佐和子の、この人に会いたくない！」と叫んでいるよと証言してくれるはずです。別にその日のゲストが嫌いだというわけではありません。そうではなくて、そのゲストと相性が悪かったらどうしようとか、会話がギクシャクしたらどうしようとか、ゲストが突然、怒り出したらどうしようとか、結果的に面白くない対談になってしまったらどうしようとか、そういうネガティブ予測をするうちに、できればウチへ帰って布団にもぐりたいという衝動にかられるのです。でも、当たり前のことながら、そういうわがままが通るはずはありません。だって仕事なんだからね。そこで最後に私は開き直るのです。もうしょうがないや。覚悟を決めよう！

そもそも私が陰気な顔をしていたらゲストが気持よく話せないでしょう。だから無理やり気分を盛り上げて、「どうも初めまして！」と満面の笑みを浮かべ、とりあえず最初の挨拶を明るくするよう心がけます。もちろん内心はドキドキオタオタです。でも、ドキドキオタオタ質問を続けるうちに、お相手の笑顔や言葉につられ、しだいにこちらの心も晴れてくる。そして対談を終え、ゲストが部屋を出ていかれたあかつきには、「なんていい人だったんだろうねえ。面白かったねえ。会えてよかった！」などとほざくものだから、仕事仲間はあきれ顔。

「あれだけウチに帰りたい、会いたくないって言ってたくせに」

苦笑いをされることがしばしばです。

だからね。本質的には私も人見知りなのですよ。でも、そんなことにウジウジしていられない切迫した状況がドカンと襲ってくるものだから、「私、人見知りなんです」なんて言っている暇がないのです。こうして私は、「人見知りではない人間」という刻印を押されてしまうことになる。

でも、世の中のたいがいの人は、そういう状況を経験しているはずです。本当は人見知りと言いたいところだけれど、そんなこと言っていたら仕事にならないし、用事が済まないし、前にも進めないから、なんとかその恥ずかしい気持を克服して生きていくしかないと自らを鼓舞しているのです。それを最初から「私、人見知りなんです」と宣言して周囲の承認を得るって、どういうこと？

「それって、甘えなんじゃないの？」

つい、私は言ってしまいました。すると質問をしてきた女性編集者の口がポカンと開いて、

「あ、言われてみれば、そうかもしれません……」

初めて気がついたとばかりに目を瞬かせたのです。私とて、確信があったわけではあり

ません。でも言ったあとによくよく考えてみれば、どうもそういう傾向があるのではないかという気がしてきました。つまり、極端なことを言えば、最近の日本人の多くがいくつになっても「大人になった」自覚に欠けているのではないかと……。

そりゃ、小さい頃は人見知りを標榜しても許されるでしょう。お母さんの後ろに隠れて、客人の顔を睨みつける。

「ほら、こんにちはって、ちゃんとご挨拶なさい」

母親に促され、いやいやながら小声で「こんにちは……」。

「お名前は？　いくつですか？」

見知らぬ大人に聞かれても、答えたくないけれど、

「お名前は？　言えるでしょ？」

母親に促されるので渋々、

「あがわ、しゃわこ。しゃんしゃい」

人差し指と中指の二本をあげて（本当は三本だけど）小声で答える。思えばそんな可愛い時代もあったのだよ。

「人見知り」と言ったほうが無難

それはさておき、つまり親の庇護のもとに「人見知り」をある程度、許される子供時代はたしかに存在すると思います。でも、成長するにつれ、そんな態度をいつまでも続けていられるわけはありません。小学校、中学校、高校と、集団生活の場に身をおいて、初めて出会う人との会話の経験を積み重ね、どういう手立てや好みで人と話をするのが自分は得意か不得意か、似合っているか似合っていないか、あるいは好きか嫌いかを徐々に学習していく。そして社会に出れば、さらに過酷な「見知らぬ世界」が待っています。しかし、そこにはもはや守ってくれる母親はいない。与えられた仕事は自分がやらなければ、給料をもらえない場所なのです。そこへきて、「私、人見知りだから会ったこともない人に電話はかけられません」とか、「知らない人と話をするのは嫌いなので営業には行きません」とか、そんなわがままは通用しないのです。好き嫌いや得手不得手だけでは通らない世界なのです。

もちろん、「苦手だ」という気持は人それぞれで、若い人に限らず、「実は僕、営業部には二十年いるのですが、未だに向いていると思っていません」なんて呟く年配の人に会ったりすると、それは気の毒だと思うこともありますよ。そのストレスがもとで胃を壊すようなら部署を変わったほうがいいのにと進言したくなる人もときどきいます。あるいは「キャー、できないよお」と騒いでわめいて仲間や先輩に手助けしてもらう要領のいい人もいるでしょう。現に私は本質的に「八歳までの末っ子気質」ですからして、要領がいいわけではありませんけれど、とりあえず騒ぐタイプです。即座に優しい人を捕まえて、「できませーん。どうしよー」と泣きついたり、「どうしてこんなことしなきゃいけないのよ！」と後輩に文句を垂れたりすることは、はっきり言って今でも日常茶飯事です。しかし、どれほど文句を言ったり泣いたりしても、いつかは自分自身が克服しなければならないことは理解しています。泣いたり文句を言ったりするのは、その覚悟を決めるまでの助走のようなもの。周りにはご迷惑かとも思われますが、ご堪忍くださいませ。

で、私が言いたいのはつまり、程度の差はあれ、たいがいの人は心の中で「見知らぬ人なんかに愛想良くしたくないぜ」と思いつつ、それが仕事だと割り切って自らにエンジンをかけて、ようよう生きているものだということです。ところが最近の若い社会人の傾向を聞いてみると、会ったとたんにまず、

「私、人見知りなんです」

そう宣言する人が多いという。

それ、本当なの？

くだんの女性誌の取材を受けたあと、試しに私のまわりにいる若い女性たちに尋ねてみました。すると、

「たしかに、『あなたは人見知りですか？』と聞かれたら、ほとんどの女性がイエスと答えると思いますよ。一つには、『人見知り』と言っておいたほうが無難と考えているせいかもしれない」

「そう答えておいたほうが、女子っぽいと思われるだろうと信じているんじゃないかな。逆に今の時代、『私は人見知りじゃないです』と言ったら、軽く引かれちゃうと警戒しているからかも」

ほほお、なるほどね。

「女性に限らないんじゃないかなあ。ちょっと前に、ＫＹっていう言葉が流行ったことがあるでしょう。今の人って、ある程度の人数のいる場で自分がＫＹにはぜったいなりたくないっていう恐怖があるのかもしれません。だから、最初に『私、人見知りなんです』って言っておけば、しばらく黙っていても人見知りだから寡黙なんだなと認めてもらえるし、その間に周囲を観察して、どのポジションに入れるかを判断できるからね」

あるいは知り合いの女性誌の編集長曰く、

「今の若い人は自分が傷つきたくない気持が強いから、その点、うまい言い訳の一つが『人見知りだから、うまく話せないんです』ということになる。いわば自己保身術なんですね」

驚きました。そんなに緻密な戦略の上に「人見知り」宣言があったとは知りませんでした。

最初に本性をさらけ出す

私が若い頃、そんなことを計算しながら初対面の人と会った覚えはありません。まあ、これは私の大ざっぱな性格ゆえかもしれませんけれど、お見合いをするとき、いつも心に期していたことがあります。

どんなに猫をかぶっても、しばらく話せばおのずと化けの皮がはがれるものだ。結婚してから、「え、そんな雑なオンナだったのか」と幻滅されるより、お見合いの時点で本性をさらけ出しておいたほうが、お互いのためになるのではないか。その段階で「こんな雑なオンナは嫌だ」と思われて断られるなら、ご縁がなかったのだとさっぱり諦めもつくけれど、結婚した後に、「俺は騙された。こんな大雑把な女とは生活したくない」なんて言われたら、取り返しのつかない事態になる。「雑なところはあるけれど、そこがこよなく可愛いね、サワコちゃん。結婚しよう！」と、私の本質をある程度（あとの半分は騙していると思うけれど）、認識した上で愛してもらいたい。それこそ私の理想の結婚だ。

なんて思ってあるとき、さる殿方とお見合いをしました。とりあえず初回では多少しとやかに、エレガントなワンピースなんぞを着込んで楚々としたお嬢様を装ったのですが、二回目にお会いすることになった時点で、いつもの信条を貫こうと決めました。

「よし、なるべく早く、私という人間の本性を知っていただこう」

そこで私は普段、愛用しているコーデュロイのパンツにセーター、その上にダッフルコートを羽織り、意気揚々と出かけていきました。するとお相手の方から、

「ズボンとスカートとどっちが好きですか？」

ご下問がありました。私はあっけらかんと、

「まあ、ズボン（当時はパンツなんて言わなかった）ですかね」

続いて、

「じゃ、気取ったレストランと気取らないレストランと、どっちが好きですか？」

またもや私は能天気に、

「気取らないレストランのほうが断然、好きです！」

「お休みの日は、どんなことをしていますか」

「そうですねえ、寝るのが好きなので、ぐだぐだしていることが多いかな」

単刀直入な質問に対して正直に答えられた自分に清々しさすら覚え、さらに、長く海外

勤務で最近の流行のお店を知らないとおっしゃるお相手のために、私が夕食のお店の予約電話をし、オンナだてらにデートのプランを率先して決めていったのです。どうもそれがお相手の「男のプライド」を傷つけてしまったらしい。そのことに気づいたのは、私がご案内したカジュアルなレストランの食事も後半に入ろうという頃でした。なんとなく会話が弾まない。こころなしかご機嫌が良くないご様子。どうしたのかなあ。食事は終わり、「もう一軒行きましょうか」なんて声がかかることもなく、そのまま夜の八時すぎには一人とぼとぼウチへ帰ってくることに。

「あら、早かったのね」

玄関に出てきた母にそう言われ、私も心の中で、どうも変だなという気持はあったのですけれど、まもなくお相手を紹介してくださったご婦人からお電話をいただいて、結局、そのお見合いは断られました。どうやら彼は、女性はスカートをはいているほうが好き、レストランはあまりカジュアルなところは好みでない、そして何より女に主導権を握られるのが嫌いというタイプの方だったようです。

今、気づいたんですが、この話、なんの役にも立っていないですね。

「だからやっぱりさっさと本性を現さないで、しばらく場の雰囲気を観察した上で行動したほうがいいんですよ。そのためには、『私、人見知りなんです』って言っておくほうがいいんですってば」

え、そういうこと？　いやいや、そうではないでしょう。だってこれほど趣味も見解も異なる相手と、互いの本音を誤解したまま結婚していたら、今頃、私は不幸のどん底にいたか、あるいは離婚していたと思います。でもあのお見合いは、本音を出すのが性急すぎたかもしれないけれどね。

「下心」で人見知りを克服

　この一件にかぎらず、あまたのお見合いに実をもたらすことのできなかったアガワではありますが、あえて負け惜しみを言わせていただけるのならば、本当のところは「人見知り」と自覚しつつも、今、こうして初対面の人々にインタビューし続けていられるのは、もとはといえば、「お見合い」という予行演習をたくさんしておいたおかげではないかと思うことがあります。

　思い返せば、「初めまして」という挨拶をどれほど繰り返したことか。お相手だけでなく、お相手のご両親とか仲に立った年配の方とか。山のように「初めまして」と頭を下げ、ニッコリ微笑み、さりげなく先方を観察し、その間に猛烈なスピードで頭を巡らせて、盛り上がりそうな話題を探したものです。なぜそこまでして数多くの見ず知らずの人間と会ったのか。そりゃ、結婚したいという願望が強かったからです。数打ちゃ必ず当たると信じていたからです。目指す獲物はただ一人。今後の人生や仕事のための人脈を広げようなんて、そんな野望はありません。ただひたすら、ステキな男性を一人見つけて恋をして結婚したいと思っていただけです。そのモチベーションをもって「人見知り」を克服していたのだと思います。つまり、「人見知り」以前に「下心」が勝っていたのですね。

お見合いのおかげで「人見知り」を完全に克服できたわけではないけれど、「下心」と「経験の数」に支えられ、ある程度の「踏ん切りのつけ方」は養われたと思います。今、こうしてインタビューの仕事をしていてもドキドキすることは頻繁にあるわけですが、現在のモチベーションとしては、かつての「結婚したいという下心」に代わり、「お給金をもらえる」と「うまくいったら誉めてもらえる」と「相手に好かれたい」と「相手や雇用主に怒られたくない」といったところでしょうか。

人間の行動には多かれ少なかれ「下心」があるものです。「もてたい」なんていうのも、「人見知り」克服にはおおいに役立つと思われます。その点、昔の男たちは必死だったと思いますよ。だって携帯電話がない時代ですもの。

近づきたいと思う女の子に電話しようと思ったら、相当の覚悟を必要としたのです。

「もしもし、平尾さんのお宅ですか？」

「そうですが」

思い切って電話をしたところ、電話口に出てきたのは不機嫌そうな年配男の声。それはまぎれもなく意中の人の父親です。

「えーと、あの、マルコさん、いらっしゃいますか」

「どなたですか」

「あー、その、僕、マルコさんと同じ大学の松井と申しますが」

「だから？」

会話はどんどん険悪な雰囲気になっていく。しかしここで諦めたら可愛いマルコちゃんとお話することができない。松井君は頑張ります。

「あの、明日の心理学の授業のことでお伝えすることがありまして」

「ああ、そうですか。しかし今、マルコは留守をしてましてね。私がご用件を伺っておきましょうか」

「あ、いや、それだったら、また、かけます。どうもお邪魔しました」

受話器を置いた後まで不機嫌な父親の声が耳から離れず、内心、もう一度電話をする勇気は萎えてしまうけれど、それでもめげずに時間をおいて、再び電話をし、その結果、憧れのマルコちゃんと話ができたときの達成感はどれほどのものだったでしょうか。この厳しい関所を通過しないかぎり、欲しいものを手に入れることはできなかったのです。

概して娘を持つ父親というものは、その当時、若い男性に意地悪でした。娘に余計な虫がつかないようにとの親心とも言えますが、娘に近づきたい若者からすれば、それはまるで眠りの森の美女の前に立ちはだかるイバラだらけの森のごとく、大いなる鍛錬の対象だったのです。

私の父の友人に、「鬼の編集長」の異名を持つ文章に厳しい編集者がいらっしゃいました。その名は大久保房男さん。海軍の潜水艦乗りだったという果敢な日本男児で、鬼の威力は担当していた作家に対して発揮されるだけでなく、愛しいお嬢様を守る方角にも盛んに向けられました。お嬢様が年頃になった頃、

ある日、若い男から電話がかかってきました。

「もしもし、大久保さんのお宅ですか」

「そうですが」

「○○子さん、いらっしゃいますか」

するとと父親たる大久保さんは、いつにもまして低い声で、

「おらん」

相手はやや躊躇したのち、

「どこにお出かけですか」

父親はまたもや、不機嫌に、

「知らん」

若者はそれでも怯まず、

「何時頃、お戻りでしょうか」

ここで父親、最後のパンチとばかり、

「わからん！」

ガチャンと受話器を置いたそうです。

その話を聞いた我が父はおおいに喜んで、

「よし、ウチでもやってみよう」

その後、電話が鳴るたびに、父と私は食卓の椅子を蹴散らして走り出す受話器奪取競争をしばらく繰り広げるはめになりました。

実はこの話には後日談があり、その大久保翁、あるときいつものように電話に出て、「おらん、知らん、わからん」を実践したところ、相手はお嬢様の学校の先生だったことがのちに判明。以来、「三らん」対応の中止を余儀なくされ、ウチの父もしぶしぶ諦めることにした次第。本当にあのときはハラハラの日々でした。

　この大久保房男さんに文章を厳しく直された作家の一人、遠藤周作さんも、一人息子の龍之介さんにかかってきた電話の厳重なる関所となっておられたと聞きます。まあ、遠藤さんの場合は、息子可愛さ、余計な女がすり寄らないようにという親心ではなく、単にいたずら好きだったせいかもしれません。

　あるとき、電話が鳴って遠藤さんが出ます。

「もしもし」

「あ、遠藤さんのお宅ですか。私、○○と申しますが、龍之介さん、いらっしゃいますか」

　可愛らしい若い女性の声です。遠藤さんはすかさず、

「少々お待ちください」

　渋い声でそう応え、受話器に手を当てないまま、

「おーい、龍之介、龍之介。○○さんっていう女性から電話やでえ」

　大声で、龍之介さんを呼びます。ここまでは、別に普通なんですが、そのあと、

「えー？　なに？　いないって言ってくれ？　そんなん悪いやないか。そうか、わかっ

た」

そして再び受話器に向かい、

「龍之介は今、留守ですが」

もちろん相手の女性にはこのやりとりが筒抜けです。そして龍之介さんは実際に留守です。だから遠藤さんは息子の龍之介さんとそんな会話は交わしていないのです。つまり、嘘。当然、相手の女性は機嫌を損ねて、

「わかりました。けっこうです」

そのお相手が龍之介さんとどれほどの関係だったかは知りませんけれど、その数日後、龍之介さんがいくらにこやかに近づいていっても、きっと彼女は無視したに違いありません。

「ホントにあの頃はヒドイ目に遭いました。本人はただのいたずらのつもりでしょうけど、こっちは大迷惑ですからねえ」

のちのち龍之介さんが情けなさそうな顔で回顧していらっしゃいました。でもそんな親の過酷な試練を乗り越えて人間関係の機微を磨いた末、龍之介さんは今や大会社の重役になられております。

「失礼ですが……」は失礼です

ことほどさように、電話が一家に一台の有線だった時代、他人の家に電話をすることには緊張感が伴ったものです。

私にも緊張していた中学時代の思い出があります。仲良しの女友達に電話をかけようと思うたび、まずは深呼吸をしたくなる。電話をかけたとき、優しいお母様か、あるいは本人が出てくれればホッとするけれど、そのお宅のおばあさまが出たら大変。友達の間では、きちんとした物言いができないと電話口で叱られることがあると定評の厳しいおばあさまだったのです。

「もしもし……?」

「どなた?」

出ちゃったよ。そのしゃがれ声を聞いたとたん、恐怖のあまり息がつまって、毎回、うまく名前が言えなくなりました。でもそれも良い訓練になったものだと今ではそのおばあさまに感謝したいぐらいです。

どの家の誰に電話をするときも、こんな夜遅い時間にかけたら失礼かしら、怖いと評判のお父様が出たらどうしよう、長電話をしてしまい、切ったあとに友達がお父さんに叱られたりしてないかしらなど、あれやこれやと気を遣ったものです。

もちろんアガワ家は長電話厳禁のみならず、子供が友達と電話でチャラチャラ無駄話をしていること自体が、「不愉快」の対象とみなされていたので、父が夕食を済ませて床につき、夜中に起きてくるまでの数時間を見計らい、こそこそ電話をしていました。そして話している最中に、廊下の奥の父の書斎のドアの開く音がしたとたん、

「あ、父が起きてきたみたい。じゃね、ばいばい」

どんなに話が途中であろうとも急いで受話器を置き、それもできるかぎり「チリン」とすら音を立てないよう気をつけて、それから抜き足差し足、まるで泥棒のごとくその場を立ち去ったものです。

電話はかけるときだけでなく、かかってくるときも、今に比べると昔はずいぶん緊張したことを思い出します。なにしろ電話番号表示などない時代です。相手が誰だかわからない。わからないから恐る恐る出る。でも、感じの悪い声を出して、もしかして父や母にとって大事な方だったら、なんて無愛想な娘かと思われる恐れもあるので、無礼にならない

程度に毅然と応対しようと覚悟を決めて受話器を取るのです。

私が大学生の頃だったでしょうか。中学生の弟から、「駅に着いたから車で迎えにきてよ」という電話がかかってきました。なにを甘ったれたこと言ってるの。男の子なんだから歩いて帰ってくればいいでしょうが。一喝して電話を切ると、すぐにまたリーンリーン。また弟です。めげない弟なのです。

「ねえ、いいじゃない。疲れちゃったんだよ」

「図々しいわよ。歩いたって、たかが十分ちょっとでしょう」

「お姉ちゃん、運転の練習にもなって、いいよお」

「うるさい。私だって疲れてたけど今さっき、歩いて帰ってきたんだから」

「どうしてもダメ？」

「ダメと言ったらダメ！」

私はまた叱りつけて電話を切りました。するとまたまたリーンリーン。さすがに頭に来た私は、受話器を取るなり、

「いい加減にしろ！」

怒鳴りつけたら、

「あのー、アガワさんのお宅でしょうか」

怪訝そうな男性の声が返ってきました。それは父がお世話になっている出版社の方だったのです。

こういう失敗は、もはやあまりする人はいないでしょうね。おっちょこちょいが減ったという意味ではなく、電話の機能が進んだおかげ？

やはり親と一緒に住んでいたとき、電話が鳴りました。まず母が出て、

「サワコにご用だって」

受話器を差し出されたので愛想のいい声で、「お電話かわりました。サワコですが」。すでに仕事を始めていた頃です。てっきり仕事の依頼の電話かなにかだと思いました。

すると、先方から、

「今、俺、○○ずりしてるんだけど」

恥ずかしながら私はその言葉を知りませんでした。なんとおっしゃったのかわからず、即座に、

「はい？　○○ずり？」

オウム返しをしたとたん、台所にいた母がすっ飛んできて、

「切りなさい！」

私の手から受話器をつかむと、急いで電話を切ったのです。

相手が誰だかわからない。大事な人かいたずら電話か、年配の人か友達かの区別もつけられなかった時代です。出てみて話をして、初めて相手の名前や素性を知り、そして言葉を選んで受け答えのしかたを模索する。相手が誰であるのか、確認するまではとりあえず、「失礼のない応対」に照準を合わせて受話器を取るようにしなさい。子供は社会に出る以前より、電話の応対を通して見知らぬ世界の人間とのつき合い方を、それとなく親にしつけられていたのではないかと思います。

ところが携帯電話が普及した今、子供が家の電話に出て、「どちらさまですか」と尋ねる機会はめっきり減りました。固定電話のない家庭もあるぐらいです。となれば、電話が鳴ると、まず表示された名前や電話番号を確認し、誰であるかを知ってから出ればいい。というより、知っている人の電話にだけ出ればいい。そうなれば、たいした緊張感は伴いません。

スケジュール感？　予算感？


「どうもこの頃、電話の応対のなっていない若者が多すぎると思わない？」

仕事仲間の女性がぼやきました。

「私、思うんだけど、普段、携帯電話で仲間内でしか話をしないから、敬語とか謙譲語とかの区別だけじゃなくて、基本的に電話口での礼儀ってもんを、なんにもわかってないのよ」

たしかに最近、仕事の電話をしていると、ときどき怒りを通り越して笑っちゃうようなことが起こります。

「アガワと申しますが、編集長、いらっしゃいますか？」

「あー、編集長はちょっと、いらっしゃらないですが……」

「そちらからご依頼いただいた○○についての件でお電話したんですが、じゃ、どなたかわかる方は……？」

「ちょっと、わかる方は……ご存じないです」。そして、そのまま黙る。

とか、

「スケジュール的な問題で、番組的には問題ないんですが、アガワさん的には大丈夫かな、って思いまして」

という言い方に首を傾げているうちに、近頃、新種が台頭し始めました。

「スケジュール感を聞きたくて、あと予算感としてはどんなものかと？」

予算感ねえ……。予算感としては、高いほうがありがたい感じですけどね。

あと、これは若い人にかぎらず、よく言われるのが、

「失礼ですが……」

なにを言われるのかと思って待っていると、何も反応がない。つまり、「失礼ですが、あなたのお名前を教えていただけますか？」という言葉を略すと、「失礼ですが……」になるらしい。なんでそんなに言葉を節約するんだ？　堂々と、「お名前を伺ってよろしいですか」とか「どちらさまですか」とか、はっきり聞けばいいではないの。「失礼ですが……」で言葉を止められるたびに、失礼だなあと思います。そこで私はわざといじわるに、「まだ別に失礼をされていませんけど？」と返してやりたくなるのだけれど、「あら、アガワさんって、テレビではあんなにニコニコしているのに、本当はけっこう意地悪ばばあなんだね」と思われるのもナンなので、心の中でムッとするだけにとどめております。

あるいは、「あー、うー」がやたらに多く、概して声が小さい。もちろん大平総理を始

め、昔だって「あー、うー」を連発する人はいたでしょうし、電話口でぼそぼそ言う人もいなかったわけではないでしょう。今の若い人たちの声が小さくて舌足らずなのは、エコの一環か、あるいはマイクの精度がよくなったことも関係しているのでしょうか。ときどき、蚊の鳴くような甘ったたれた声を出す女の子を見つけると、つい、

「声は腹から！　腹から出しなさい！」

腹から息を吐いて低い声で叱りつけるのですが、

「はい。でも、アガワさん、こわーい」

オオカミに出くわした赤ずきんちゃんのように怯えるので、諦めます。が、そんな子でも、仕事と覚悟したときや「ここいちばん！」という場面では、そういう自分の弱点をカバーしなければならない日が必ず訪れるはずです。その日に備えて鍛錬をするためにも、昔から新人というものは、誰もが「鳴った電話に率先して出る」「応対は大きな声ではっきりと」「返事は？」「聞こえないぞ！」と上司や先輩にハッパをかけられたものです。

実のところ私も小さい頃はオドオドした性格（ホントだってば）で、父によく「声が小さい！」と怒られました。お客様に挨拶をするときや、レストランへ行って注文をするときなど、「ちゃんとはっきり言いなさい」と怖い顔で睨まれたものです。そのくせ兄弟や

友達と大声で話していたりすると、「うるさい！　静かにしろ！」と怒鳴られました。どっちにしても怒られる。何をやっても叱られる。怒られるのが嫌だからとりあえず親の言うことに従うのですが、どこでどういうふうに声を出すのが正しいのかなんて、よくわかってはいなかったと思います。理屈はあとからついてくる。納得するのはずっとあとになってからなのです。

で、話を戻して電話の応対についてですが、もちろん新人の頃は誰だって緊張するし、言葉を言い間違えるし、慌てたあげくに上手に応えられないまま電話を切ることだってあるでしょう。私は組織に勤めた経験はありませんけれど、アルバイトとしていろいろな職場を渡り歩いた若い時代がありました。

あるとき建築デザイン事務所の電話番と事務仕事のアルバイトをしました。かかってきた電話にはもれなく最初に応対する係です。

「はい、○○建築デザイン研究所でございます」

そのひと言をいうときの快感！　いっぱしのオペレーターか有能秘書にでもなった気分です。が、その直後、恐怖が訪れます。

「もしもし、○○施工会社の○○ですが、○○課の○○さん、おいででしょうか」

瞬時に覚えなければいけない言葉が四つも襲いかかってくるのです。それまで我が家で父の仕事の電話に出ることには慣れていたので、知らない人と話をすること自体はさほど苦痛ではなかったのですが、父の電話の場合は、

「○○出版の○○ですが、阿川弘之さんはいらっしゃいますか」

覚えるべき言葉は二つです。つまり先方の会社名とその人のお名前。万一、片方を忘れても、最低一つを覚えておけばなんとかなります。

「父ですか？　少々お待ちください」

そして父を書斎へ呼びに行き、

「○○出版の方からお電話です」

あるいは、

「○○さんからお電話です」

「どこの○○さん？」

「ちょっと聞きそびれちゃったけど、出版社の方だと思う」

厳しい父もそれでなんとか納得し、電話口に向かってくれる。ところがバイト先でそんないい加減なことは許されません。そう思うからなおさら緊張し、四ついっぺんに覚えよ

うと思うがあまり、ぜんぶ混ぜこぜになってしまうのですね。

「少々お待ちくださいませ」

そう応えた直後、泣きたくなる。どこの会社の何さんが、どの部署の何さん宛に電話をしてきたのか、わけがわからなくなるのです。

「えーと……」

内線ボタンのどれを押そうか逡巡していると、私の席の真後ろに座る事務の先輩女性が、

「どうした？　誰からの電話？」

速やかに助け舟を出してくださいます。そこで、

「すみません。えーと、○○さんからSさん宛にお電話なんですが、Sさんって、何番でしたっけ？」

かろうじて覚えていた二つの固有名詞を告げて後ろを振り向くと、

「あ、それ、私」

なんと、事務所内でいちばん近くにいた事務の先輩、Sさん宛の電話だったことが判明し、大恥をかいたことがあります。いったいいつになったら内部の人間の名前を覚えられるのかってね。そんなに大きな事務所じゃなかったのに。思えば若い頃から物覚えは悪か

ったんだな、アガワ。

こんな具合にドジな新人の動向をさりげなく見守り、いざというとき手を差し伸べて、ときには厳しい言葉も投げかけて、あるいは背中で技を見せながら、上手に成長させてくれる上司や先輩がどんな仕事場にもいたものです。それは先輩の仕事の一つだったとも言えます。ところが、

「それが、難しいんですよお」

会社に勤める、今や部下を抱える知人友人が腕を組み、唸るのです。

後輩を叱る覚悟

知り合いの女性社長がこんな話をしてくれました。その人は今では社員を十人ほど抱える編集プロダクションのトップなのですが、その会社の先代の女性社長には若い頃、徹底的に鍛えられたそうです。その最たるものが、電話の応対と挨拶の仕方だったと言います。

「早口で言うな」

「はっきり返事をしろ」

「仕事先の人前では、たとえ上司であろうと社内の人間を『さん』づけで呼ぶな」

「電話が鳴ったら即座に取れ」

あまりにも頻繁に怒声が飛んでくるので、入社早々の時代は胃が痛くなったこともあるそうです。そんな鍛えられ方を経験した社長が最近、社内のベテラン社員と話をしていて、彼らの目下の悩みを知りました。すなわち、

「後輩を叱れない」

ことだそうです。社長やベテラン社員たちは、自分たちが若い頃、上司に叱られたのと

同じような方法で後輩に注意しようと思う。

「電話が鳴ったら、ぐずぐずしてないで、すぐに出なさいね！」

「そんなことをメールで送ったら失礼でしょう」

「お客様がいらしたら、すぐにお茶を出しなさい」

そんなふうに叱りたい。叱りつけたいと思うのだけれど、いざとなると、さて、どういう言葉と、どのタイミングで叱ればいいのかわからない。迷っているうちに、つい見過ごすことになる。なぜ逡巡するかといえば、下手に叱りつけて部下が過度に落ち込んだら却って面倒だ、出社したばかりの時間に叱るのもどうかな、今、彼はコーヒーを飲んでいるから後にしようかな、などと気を回してしまうからです。そうこうしているうちに自分の仕事が忙しくなったりタイミングを逃したり、ま、次回、目撃したときにするかと諦めたりして、とうとう叱れないまま時は過ぎていくというのです。いっぽうの部下にしてみれば、何も注意されないのだからこれでいいんだと思い、改善しない。叱られないのだからちゃんと仕事をしていると自ら納得し、こちらもそのまま時は過ぎていく。

あるとき、その会社の先輩社員が、

「明日までに企画書を書いてきて」

後輩社員に命じたそうです。翌日になり、書いてきたかと尋ねると、

「いいえ」

「なんで出来ていないの？」

怠けたのではない。書く時間がなかったわけでもない。だったらどうして？　問いつめたところ後輩は、そもそも最初に先輩から「企画書を書け」と言われた時点で、「書いたことないし、書き方がわからない」と思っていたけれど、そう言い出せなかったというのです。

「できないって言えなかったんです。わからないって言えなかったんです。何がわからないか、わからなかったから」

そう言って、後輩は泣き出してしまったそうです。

これは、なにがいけなかったのでしょうね。

書けと命じた先輩社員としては「これぐらいは当然、書けるだろう」と思い込んでいたのですが、

「あとで考えれば、その場でお互いにもう少し話し合っておけばよかったのかもしれません」

たしかに先輩社員の思い込みにも問題があったのかもしれません。でも、書き方がわからないのなら、どうしてそう言ってくれなかったのかと先輩は後輩に首を傾げたといいます。

女性社長は、現場でそんな意思の齟齬が起こっていることを初めて知り、よし、これからは社長だからとて放任していないで、自分が部下を直接、叱るしかないかと覚悟を決め、以来、小さなことでも気づいたときにその都度、社長自ら声を発して叱ることにしたそうです。電話に出ない部下を見かけたら、

「ほら、すぐに電話に出なきゃダメでしょ！」

一つずつ、注意するようになった。ほほお、それはよかったですね。

と思ったら、

「でもね」と社長。

「叱るとき、毎回、手が震えちゃうんですよ。やっぱり私も叱り慣れていないんですよね」

言われて思い出しました。私にも同じような経験があります。

だいぶ昔、家の近くのバス停でバスが来るのを待っていたら、私の後ろに若いカップル

が並び、楽しそうにお喋りをしながら手に持っていた缶ジュースの空き缶を足元の路上に置いたのです。それはいかんでしょう。自分たちの飲み終えたジュースの缶をそこに放置するつもりか。黙って見過ごそうかとも思いました。しかし、そろそろ自分も若者にもの申す責任のある年齢なのではないかとも思い直す。そこでひと呼吸置いたのち、意を決して言いました。

「そこはゴミ箱じゃないですよ」

捨てられた空き缶を指差して、果敢にも注意をしたのです。声に出したとたん、我ながら驚きました。震えているよ。うわずっているよ。やだ、情けない。もっと堂々と叱ることはできないのか、アガワ！　すると、若者カップルが申し訳なさそうに「あ、すいませーん」と狼狽している私にぺこりと頭を下げて、オロオロ恐縮しながら捨てた空き缶を拾い上げました。

ちょうどそのとき、バスがやってきたのです。私は乗りました。でも、缶を拾った二人は相変わらずオロオロと、今度はどこにそれを捨てていいのか見当がつかないといった様子で、バスに乗ってきません。そのとき私が、

「もういいから。その缶を持ってバスに乗って、駅で捨て場所を探したら？」

助言してあげればよかったのですが、こちらも気が動転したままです。再び声を出したら泣き出しそうなくらい、ドキドキしていたのです。

とうとうドアは閉まり、バスが発車しました。振り向くと、空き缶を持った二人の姿がどんどん小さくなっていく。ああ、ごめんね。

私は反省しました。それもこれも、叱り慣れていない私がいけなかったのかしら。私のせい？

怖い顔の利点

「叱り下手」が増殖する今の時代にも、絶滅危惧種と思われる「叱り上手」というか、「叱り好き」という人をまったく見かけないわけではありません。

　泉谷しげるさんは先年、紅白歌合戦に初出場なさって、舞台の袖から出てきた途端に、怒っていました。歌を歌っている最中も、歌い終わって舞台から消えるまで、ずっと怒っていらっしゃいました。

「あれは、本当に怒っていらしたんですか？」

　お会いしたとき伺うと、

「そうだよ」

　怒った顔で頷かれる。

「なにに怒ってたんですか？」

「そりゃ、いろいろだよ」

　でも、お話をしていると、ときどき見せる笑顔にも、さりげなく呟く言葉にも、どことなく優しさが窺われる。

「若い頃のお写真、拝見しましたが、すごく可愛いですね」

そう申し上げたら、

「やめてくれよ。俺のイメージが壊れるからさ。それ、営業妨害だろ」

何を言っても怒ってみせるのが、どうやらトレードマークになっておられるご様子です。そんな「いつも怒っている泉谷しげる」に会ったことを友達に話したら、男女を問わず多くの人が、

「ああ、あの人は優しい人だよね」

と、悟ったようなことを言う。

「え？　会ったことあるの？」

聞くと、

「いや、会ったことないけど、見てればわかるよ」

私はかねてより、怖い顔の人が羨ましいと思っています。会っただけで「あ、怖そうだな」という印象の人が、たまにニッコリすると、それはもう、いつもニッコリしている人がニッコリしたときの百倍も優しい人に見えるからです。

テレビやラジオの仕事でちょくちょくお会いする大竹まことさんも、その種族の一人です。怒っているわけではないのでしょうが、だいたいいつも背筋を伸ばし、近寄りがたい雰囲気をかもし出して立っていらっしゃいます。初めて大竹さんに会った人はたいてい心の中で、「あ、なんか怖そう」と思うようです。番組に招かれたゲストが大竹さんに緊張していたら可哀想だと思うので、アシスタントとしてそばにいる私はあえてにこやかに、「こんにちは。お茶、召し上がりますか？」なんて愛嬌を振りまいて、さてそんな雰囲気の中、大竹さんとの会話が始まると、

「なんだ、大竹さんって、優しい人なんですねえ」

話しているうちに、大竹さんの本性がゲストにも見えてくるらしいのです。実際、大竹さんは渋い顔のわりに気遣いが細かくて、優しい。でもそれが一見しただけではわかりにくいので、ゲストの方々はそののちの落差に驚くようです。私とて、初めてTVタックルでお会いしたときは、怖そうだから近づかないようにしようと思っていたくらいです。が、少しお喋りをしてみたら、なんと笑顔の柔らかい、腰の低い、弱者の気持を大事にする方かとびっくりしました。大竹さんの優しさに触れたゲストの嬉しそうな顔を見ていると、最初から愛想よくしていた私はなんだったのかと、ちょっとひがみたくなることもありま

す。

だいぶ昔、関川夏央さんと仕事をしたことがあります。当時、書籍の審査会で定期的にお会いしていたのですが、あるとき、約束の時間に関川さんが現れません。いくら待っても到着されない。もしかして日にちか時間を間違えたのかしら。突然、倒れたのかしら……。

「どうしたんでしょうね」

皆が心配し、とうとう係の人が関川さんのお宅に電話をしてみれば、

「なんとお家にいらっしゃいました。これからお出になるので、あと一時間以上、かかるかもしれません」

「なーんだあ。寝坊かな？」

皆で呆れつつ、到着を待つことにしました。いつも強面《こわもて》で辛口な批評をなさる関川さんです。関川さんに反論できる人はめったにいません。でも今日こそチャンスだ。みんなでからかってやろうじゃないか。やーい、寝坊だ寝坊だ。それを楽しみにしてじっと待ちました。結局、約束の時間に一時間半ほど遅刻して、ようやく関川さんご到着。ドアが開いたとたん、

「遅れたんだよ！」

怒った顔で吐き捨てるように言いながら、関川さんが席に着きました。

「あ、どうもすみません」

なんだかわからないけれど、こちらが謝らなければいけない雰囲気になったのです。そして、関川さんがかすかに照れた表情を見せたとき、待機していた者、全員が思わず噴き出しました。なんてこった。

それ以来です。いつも怒った顔をしている人が羨ましいと思うようになったのは。女はこうはいきません。私とて、本来は父に似て怒りっぽい性格ですから、兄弟や近しい人の前では本性が出ていると思うけれど、対外的にはニコニコ顔を標榜して生きているつもりです。テレビの仕事を始めた当初、番組のプロデューサーに釘を刺されたのです。

「女は愛嬌です。もっと笑顔をつくって挨拶をしなさい」

どうやら私は生番組のオープニングにて、「こんばんは。阿川佐和子です」と自己紹介する際に、怖い顔をしていたらしい。私にしてみれば、それは緊張していたからです。眩しいライトを当てられて、いかついテレビカメラと対面し、大きな声でディレクターがカウントダウンする声に注意深く耳を傾けて、サッと合図が送られた瞬間に、「こんばんは！」。

タイミングを逸したら怒られると思っているのでつい、眉間に皺を寄せ、口元を突き出して、怒った顔で挨拶をしていたのでしょう。

「笑顔をつくれと言われても……」

困惑していると、

「アナウンサーの新人も、最初は緊張のあまり顔がこわばってしまうんだ。その緊張をほぐすおまじないがあるから、教えてあげよう」

当時、私の指導をしてくれていたプロのアナウンサーの方が教えてくださったのは、

「愛媛みかんと三度、唱えなさい」

というものでした。

「愛媛みかん」という言葉は、そのほとんどが「い」と「え」の母音で構成されている。すなわち、子音を除くと「えいえいあん」ということになるのです。この言葉を何度も唱えていると、「い」と「え」を発する回数が多くなり、おのずと口が横に伸び、自然に笑った顔になる。なるほど、そうか。いいことを教わった。よし、実践してみよう。

こうして私はその翌日より生放送の本番直前、三十秒前ぐらいから、

「愛媛みかん、愛媛みかん、愛媛みかん」

「二十秒前」

「三度じゃ足りない、愛媛みかん、愛媛みかん、愛媛みかん」

「十秒前」

「愛媛みかん、愛媛みかん」

「八、七、六」

「愛媛みかん」

「三、二……」

「愛媛みかん。こんばんは！　阿川佐和子です」

なんとみごとな笑顔をつくることに成功したのです。

「よくなったじゃないか！」

プロデューサーにも誉められて、私は意気揚々。それから毎日、「愛媛みかん」を本番直前まで唱えることにしました。

すると、数日後、誉めてくれたはずのプロデューサーが、

「あれ、やめなさい」

「え？　どうして？　よくなったっておっしゃったじゃないですか」

「よくなったけど、気が気じゃないんだよ」

「なにがですか？」

「君がいつか、『こんばんは』の代わりに『愛媛みかん』って言うだろうと思うと、ヒヤヒヤする」

　こうしてアガワはその後、声に出すのは止めにして、心の中で「愛媛みかん」を唱えるようになったとさ。

　なんの話をしていたんでしたっけ？

　そうそう、女と愛嬌の話でした。女はもともと「愛嬌の性」と思われている節があり、ついでに「感情的な動物」とも思い込まれているので（男にだって感情的な人は山のようにいるけどね）、他人を叱る、あるいは怒ることにハンディがあるような気がします。たとえば、

「うるさい！」

　と誰かを叱った場合、それが男の低い声だと叱られた本人のみならず、周辺十メートルまで緊張感が走るでしょう。効果は絶大です。ところが叱った主が女性だった場合はどう

でしょう。男性に比べ、どうしても高い声になるせいか、「なんだ、ヒステリックだな」と、ややもすると周囲の顰蹙《ひんしゅく》を買いかねない。そこをヒステリックと思われないように、言葉遣いでカバーする。

「うるさいですよ！」

でもこれだとどうも、迫力に欠けるのですね。

スマートな叱り方とは?

伊集院静さんも聞くところによると、あちらこちらで堂々と叱りつけていらっしゃるようです。新幹線のグリーン車に乗って、キャッキャラ声を上げて走り回っている子供を見かけると、伊集院さんは席に座ったままその子の手をぐいとつかみ、

「走るんじゃない!」

一喝なさるそうです。と、たちまち子供は泣き出して、走り去る。まもなくその子を引き連れて、親がやってくる。

「ウチの子供に何をするんだ」

凄みのある顔で睨みつけるや、身長一八〇センチ以上ある長身の伊集院さん、すっくと席を立ち、

「何をするとは何だ? 親ならちゃんと子供を躾《しつ》けろ!」

言い返すや、先方はすごすごと立ち去っていくと言います。

カッコいいなあ。私も一度、やってみたい。そう思うけれど、これはできません。子供

の手をぐいとつかんで「走るんじゃないの！」と注意するまではかろうじてできるかもしれません。でも、そのあと、「ウチの子供に何するんだ！」と親がすごんでやってきたら、まず私の場合、すっくと席を立ち上がったところで、座っているときとほとんど高さに差がないですしね。威圧の欠如がはなはだしい。いくら心の中で、「親がちゃんと躾けるべきでしょうが」と叫んでみても、声には出ません。だいたいその相手が、もしかして本当に怖い人だったらビビるでしょう。

「どうもすみませんでした」

首をすくめてこちらが逃げ出すかもしれない。やはり見た目の迫力というものも、叱る力に少なからず関係しているように思われます。

そうは言っても最近は、街中で子供や若者を叱りつける年配者が少なくなったと聞きます。

「いや、僕は叱りますよ」

そう豪語したのは、知り合いの五十歳間近の会社の部長さんです。電車内で足を伸ばして座っている若者に、

「ほらほら、通る人の邪魔になるんだから。足を引っ込めなさい」

気軽に注意するそうです。

「やっぱり誰かが言わないと、本人たちは気づきませんからね」

街中で若者を叱ることになんのためらいもなかった部長さんでしたが、あるとき、仕事の関係で警察の人に会ったので、

「いやあ、マナーの悪い若者を、僕はよく注意してるんですよ」

ちょっと自慢げに言ってみた。お誉めの言葉をいただけると思ったら、あにはからんや、

「そのお気持は大変にありがたいのですが、ご存知のように昨今は、そういうひと言がきっかけで事件につながるケースも多いので、どうか止めてください」

やんわり諭されて帰ってきたという。部長さんはしょんぼりです。

「昔は街中でよく怒られたものだけどなあ。正義が通らない時代になったのかなぁ」

たしかに以前、若者を街中で叱ったら、叱ったサラリーマンが逆に暴行を受けて殺された事件があったことを思い出します。あの事件以来、マナー違反をしている若者を見かけても、見て見ぬふりをする大人が増えたような気がします。ちょっと注意したぐらいで殺されてはたまりません。誰だって怖いです。私も怖いです。だから、陰では「なによ、あの音量。もう少しなんとかならないのかね！」と小さい声では文句を言えるけれど、面と

向かっていう勇気はなかなか湧かない。そういう大人が増えたせいか、間接的に注意するケースをよく目にします。

以前、行きつけのレストランの真ん中のテーブルで、決して若くはない六、七人の男女混合グループが、それは楽しそうに大声で笑って騒いで食事をしていたことがありました。私はずっと隅のテーブルで友達と食事をしていたのですが、彼らの騒ぐ声があまりにも大きくて、ときどき爆発的に大きくなるので、こちらの会話が聞こえない。だんだん腹が立ってきました。自分が男だったら「うるさい！」とどやしつけてやるところだけれど、それはさすがにしにくい。ささやかな抵抗とばかりに私は、そのうるさいテーブルに怖い顔を向けました。グループの誰かが私の視線に気づいたら、少しは静かになるかと思ったからです。ときどきテーブルの一人がこちらをチラチラ見ている気配はある。そろそろ気づくかな。すると、私の同伴者が、

「もう止めなさいよ。アガワもテレビに出ている身なんだから。阿川佐和子は眼《ガン》をつけてきたって、噂になっちゃうよ」

「でもさあ……」

「ほら、食事がまずくなっちゃう。食べよ食べよ！」

それもそうだと諦めて、私は視線を自分のテーブルに戻しました。それからしばらくのち、ようやく騒々しいグループの食事が終わったらしく、会計を済ませて帰っていきました。

「ああ、やっと静かになったね」

ホッとして、食事を再開しているとき、お店のスタッフ数人が、ホールじゅうのテーブルを回って、それぞれの客に頭を下げ始めたのです。私のテーブルにもスタッフの一人が近づいてきました。

「どうも、申し訳ありませんでした」

うるさい客が他の客に迷惑をかけたと、店の人が陳謝して回っているのです。

「いえいえ、あなたに謝っていただく必要はないんですけどね」

「申し訳ございません」

スタッフはいとも恐縮した体で、再び頭を下げてくれました。が、どうも納得がいかない。そういうことではないんじゃないの？

モヤモヤした気持を残して家に帰り、それから考えました。何か釈然としない。そしてわかったのです。

その店の対応も間違っていないだろうか。店の人も最初から「あの客はうるさい」と認識していたなら、直接、彼らに注意をするべきだったのではないだろうか。いくらうるさくてもお客様である以上、叱ることはできないということか。乱暴者が去ってから、「本当にうるさかったですよねえ。ご迷惑をおかけしましたねえ」と共感するのも、なんだか筋が通っていない気がします。と、店の対応に不満を抱きながらも、そもそも私を含めたどの客人も、内心で「うるさい」と感じつつ、自分が叱ることのできない輩《やから》ばかりだったというわけです。今の世の中、直接、文句をつけるのはカッコ悪いと思う風潮がはびこっているのでしょうか。そのくせ、訴訟問題が増えているのは、どういう矛盾でしょうね。

さてその不満の食事から数日後、仲間内で小さなイタリアンレストランへ行きました。メンバーの中に、たいそう仲良しの女性イラストレーターがおりました。彼女の話は面白くて、会っているといつも楽しい。ただ一つ、声が大きいのが玉に瑕《きず》です。一緒に外食をするときは、店の入口の前で、

「お願いだから食事中は少しボリュームを下げようね」

傷つけない程度にたしなめます。

「そんなこと言われても、私の声はオンかオフしかないんだよ」

「そこを少しセーブしてさ。ちょっと小さい声にしようよ、ね」

「わかったよ。わかりましたよ」

それでも、食事が進みお酒が入るにつれ、彼女はすっかり約束を忘れてしまいます。そして私自身も彼女につられて、いつのまにやらガッハガッハのケッケラケ。すると、次の料理を運んできたウエイターの若者が、お皿をテーブルに置きがてら、腰をかがめた姿勢のまま、ビシッと囁いたのです。

「もう少し、静かにしてください！　他のお客様にご迷惑です！」

きっぱりはっきりしっかりと、私たちは叱られたのでした。

私は心で泣きました。申し訳ない気持と恥ずかしい気持でいっぱいになりました。だってついこの間、他人のうるささにあれだけ腹を立てていたのに、なんたる失態。他人には厳しく自分には限りなく甘い、どうしようもないオバサンの典型ではないか。

猛省すると同時に感動しました。そのウエイター青年の叱り方の見事さに恐れ入ったのです。こういうスマートな叱り方をされると、むしろ感謝したくなります。感謝しないで反省しなさいって。はい、申し訳ありませんでした。

叱るルール

一般社会で叱るといえば、それはもっぱらオトコの役割だった時代がありました。もちろん家で母親が子供を叱ることは昔からあったでしょう。でもたいがいの家庭では、日々の細々したことについて母親が子供を叱ったり注意したりするのであり、それでも効果のない事態に発展したときは、「鶴の一声」としての父親の厳然たる存在がありました。

「やっぱり最後はお父さんのひと言が効くわねえ」

これが典型的な日本の家族の役割分担と認識されていたように思います。

いっぽう会社や職場においては、なんといっても上司は男性の場合が多い。だから「叱る」「注意する」「怒鳴る」は家庭の中より以上に、男性が担うものと相場は決まっていたはずです。ところが昨今、女性の社会進出にともなって、まだ割合としては少ないながら、上司が女性の職場もかなり増えてきました。つまり、女性上司が部下の男性を叱らなければならない場面が多くなってきたのです。

「今、叱り方を、いちばん知りたいの」

知り合いの女性社長が切羽詰まった目で私を見つめて言いました。彼女を含め、部下を抱える立場にある女性たちと食事をした日のことです。

「雑誌で『誉め方特集』が組まれていたりして、今は誉める技術の話のほうが盛んに取り上げられるけれど、私は誉める前にまず叱り方が問題だろうと思うんですよ」

なるほどね。かく言う私は、本書の冒頭にも書いたとおり、長らく「誉めることが大事」を信じてきた一人です。それは、自分が幼い頃からあまり誉めてもらうことなく育ち、「誉めてほしいのよ」という欲求不満がたまっているせいもありますが、仕事を始めてみたところ、少なくとも私がいたテレビ局において、部下を誉めることがめったにない現実を目の当たりにしたからです。

なぜもっと、上司が部下を評価してあげないのかしら。初めて取材映像を編集したディレクターが、「どうだったかなあ。みんな、僕の編集したテープ、どう思ってくれたかな」と感想を聞きたがっているのに、番組が終わってスタッフルームに戻ってきた彼を待ち受けている言葉は、「あ、お疲れー」のひと言だけ。しかもそれは出来がよかったときの場合であり、出来が悪かった日は、「お疲れー」すら言ってもらえず、すかさず飛んでくるのは、

「なんだよ、あの編集の仕方は。ぜんぜんなってないんだよぉ」

厳しいダメ出しの言葉です。

私自身、テレビに出始めてまもない頃、いや、未だにそうかもしれませんが、番組内でインタビューや取材テーマのプレゼンテーションを終えて楽屋に戻ってきたとき、スタッフにかけられるのは、

「お疲れ様でしたあ」

この言葉が圧倒的に多い。こちらとしては本当のところ、不安なのです。どうだった？　私、ちゃんとインタビューしてた？　聞きそびれたことはなかった？　ゲストのお話は面白かったかなあ？

たまりかねて自分から訊ねると、

「あ、ぜんぜん大丈夫でしたよ」

こういう反応って、なんか寂しい。なにが大丈夫なんだか、釈然としない。いつもそう思うので、だからこそ、「もっと素直に誉めようよ」運動をさかんに推進してきたアガワだったのです。誉められれば誰だって嬉しいはず。文句をつけたいなら、まず軽く誉めてからにしたらどうでしょう。そうすればダメ出しをされても聞く耳を持てるし、修正する

気力も湧くはずです。少しでも誉められれば、明日への活力につながることは間違いない。長らくそう信じてきました。そして世の中の風潮も「誉めて育てる」教育法が少しずつ主流になり始めているように思われます。いい傾向だわね。ニマニマしていたところが、くだんの女性社長の言葉を聞いて、ハッとしたのです。

「今は叱り方のほうが、大事だと思うんですよ」

あるときその女性社長は、叱るときのルールを自らに課したそうです。

「叱るのは一回だけ。何度もしつこく叱らない」

上司の心得とでも言いましょうか。その信念を持って部下と対峙する。しかし、いざ対峙する場面が訪れると、心の中で思うのだそうです。ああ、煩わしい。ドキドキする。そして、叱ったあと、いつまでも悶々として、眠れない日もあるといいます。

うーん、わかるわかる。言われてみれば私も、自身のアシスタントを抱えるようになって初めて、「叱るって難しい」と実感したことを思い出しました。空き缶を地面に捨ててはいけないのよと見知らぬ若者に注意したときと同様、自分の部下にもかかわらず、どういう言い方をすればいいのか迷ったり、少々、感情的に叱ったあと、ずっと嫌な気持が残ったり、いつ謝ろうかと考えたり、しばらく互いに冷却期間が必要かと、あえて部屋にこもってみたり、ご飯でもおごって気まずい関係を修復しようかと企んだり、そういうことは今でもちょくちょくあります。

ある女性編集者は、普段から叱るのが苦手だと思いつつ、意を決して新人女性部員を叱りつけたところ、なんと目の前で泣き出されてしまった。

「なにも泣かなくてもいいのよ。わかってくれれば」

やんわり慰めたところ、彼女は上司に怒られた惨めさや反省の気持で泣き出したわけではなく、それまで一度も怒られた経験がなかったので、びっくりして涙が流れたのだと。

「そんなこと、あるのかと驚いちゃった」

「そうそう、私もね」

その話を聞いたあと、先の女性社長が続いて語ってくれました。

男性社員に届け物を頼んだところ、往復四十分ぐらいのところにもかかわらず、二時間経っても戻ってこない。どうしたのかしら。事故にでもあったのか。心配しているところへようやく戻ってきたので本人に訊ねたそうです。

「どうしたの？　なにかあったの？」

するとケロリとした顔で、

「お昼を食べていました」

「それならそれで、行く前にちゃんとボードに書いておくとか、途中で連絡を入れてくれるとかしてくれなくちゃ、心配するじゃないの！　他にも頼むことだってあるんだし」

注意をすると、彼は唖然とし、

「僕、生まれて初めて怒られました」

いまどきは、家庭でも学校でも叱られずに育っている人が増えているのでしょうか。叱られない日のなかった私の子供時代と比べたら、アンビリーバブルな現象です。そんなに親も先生も優しいのですかね。

オトコの部下を抱える女性たちの懇談会はますます盛り上がっていきました。他にも、女性編集者が男性の新人を叱ったら一週間、会社を休んで出てこなくなってしまったとか、たいそう成績優秀なる大学出身の男性部下を叱りつけたら、翌日、辞表を提出してきたとか、あるいは「遅刻したらダメでしょ」「もっと元気よく挨拶をしなさい」と言っただけで出社しなくなる新人がいるとか。

どうやら若い人たちは、叱られることに慣れていないらしい。女性の新人が上司に叱られて泣くというならまだしも、男性社員がちょっと注意されただけで出社拒否をするほど落ち込むなんて話を聞くと、何と反応していいのかわからなくなります。もしかすると、私を含めた世の中の誰もが「誉めて育てる」方向に偏り過ぎて、上手な叱り方と上手な叱られ方を忘れてしまったのかもしれません。

部下の叱り方①——借りてきた猫の法則

私が仕事を始めて間もない頃、少し年上の仕事仲間の男性に言われました。

「あなたの前で言うのもなんだけど、やっぱり女性を使うのは難しいよ。とにかく女性は応用力がない。用事を言いつけたら素直に聞くんだけど、言いつけた以上のことは何も考えないんだな。たとえば『赤いチューリップを買ってきて』と頼んで、もし花屋に赤いチューリップがなかったら、『ありませんでした』って帰ってきちゃうんだよ。そのとき、他の花屋も覗いてみようかとか、赤がないなら黄色じゃダメなのかなとか、上司に電話して聞いてみようかなとか、臨機応変に頭を働かせる気がないのか、そもそも能力がないんだろうなあ」

男女雇用機会均等法が施行されたばかりの時代です。これからいよいよ女性も男性に伍して働くチャンスを与えられ、本格的に社会に進出しようという矢先の話。私自身、男尊女卑の思想を強く持つ父親のもとに育ったせいもあり、なるほどなあ、男性に比べたら、女性はまだまだ一人前に仕事をまかされないのも無理ないいんだろうなあと、素直に納得し

たことを覚えています。あれから四半世紀。そんな話をバリバリワーキングウーマンたちの前で披露したところ、

「あ、今はオトコの社員が、みんなそうなんです」

たとえばオフィスに客人が訪れてお茶を淹れなければならないとき、女性アルバイトはすぐに気づいて給湯室に小走りしてくれるけれど、男性アルバイトはやらない。なぜかといえば、「契約書に書かれていない仕事だから」。たとえばコピーを頼んでも、「契約書にないんですけど」と平然と拒否される。

「へえ……。そうなんだ……」

呆然としていると、

「一種、『傷つきたくない思いの表れ』じゃないかしら」と分析した人がいます。つまり、与えられた仕事ができなくても、契約書を盾にすれば自分の正当性が立証される。彼らにとってはなにより面子《めんつ》が大事だから、「できない」という事実を他人に知られたくない。家庭でも学校でも大事に育てられ、傷つく経験をあまり重ねてきていないので、一度、傷つくと衝撃が大きい。立ち直れなくなる。だからこそ、少しでも傷つくことには敏感なのではないかという見解です。

そんなバカな。傷つく経験をしていないといっても、あまたの就職試験を勝ち抜いて、選ばれて入社してきたはずです。いよいよ現実の職場に身を置いて、そこで生まれて初めて「衝撃的に傷ついた」と言われても、いったい今まで何を感じてどういう育ち方をしてきたのだろうかと、この期に及んでは会社側の困惑をお察し申し上げたくなってしまいます。

しかし文句を言っても始まらない。すでに就職戦線で勝ち抜いて入社してきたフレッシュマンは宝物です。上司としては、そんなナイーブな新入社員が、少しでも傷つかないように気をつけながら業務を覚えさせていくしかない。

入社した最初の研修期間においても、それは大いなる課題となっているようです。最初が肝心とばかり、仕事について厳しく叩き込もうとすると、その時点で「とてもついていけそうにありません」と、せっかく採用した新人が辞めてしまうケースがあるという。

「そういうときは、どうするの？」

大会社の女性幹部に訊ねると、

「人事部から、どうしてそんなに厳しくしたんだって、研修した社員のほうが叱られるんです。その後は上からお達しが来て、新入社員には極力優しく、傷つけないよう細心の注意を払って研修を続けるようにと、注意されるんです。でも、そうなると、どうやって教えていいか、わからなくなるんです」

「そうなんです。大事に大事にしないと、すぐ落ち込んじゃうんだもの」

大手銀行ウーマンは、部下が営業先で恥をかかないよう、先方に叱られないようにと願うあまり、部下が出かける前に、こと細かく優しく声をかけてあげるそうです。

「ちゃんと準備した？　○○について聞いてくるのよ。大丈夫？　じゃ、しっかりね。行ってらっしゃい」

そう声をかけて送り出す自分は、まるで「ハンカチ持った？　宿題やった？　怪我しないようにね」と言ってランドセルの背中を叩く小学生の母親になった気分なんですと、彼女は力なく笑いました。


感情的にならない・理由を話す……

「これは別にウチの会社が思いついたんじゃないんですが、けっこうあちこちで言われているんですよ」と前置きした上で、最近、雑誌の編集長になった友達の女性編集者が「叱り方の極意」を教えてくれました。すなわち、

「借りてきた猫」

「借りてきた猫？　なにそれ？」

訊ねると、

「か……感情的にならない
り……理由を話す
て……手短に
き……キャラクター（人格や性格）に触れない
た……他人と比べない
ね……根に持たない
こ……個別に叱る」

この七項目に留意して叱りなさいということらしい。誰が考えたのかは知らないけれど、うまい方法を思いつく人がいるものです。

私と一緒にその「借りてきた猫」説を聞いていた、私よりかなり若い女性たちが一斉に騒ぎ出しました。

「えー、理由を話さなきゃ叱っちゃいけないの？　そんなの自分で考えろって言われたよねえ、昔は」

たしかに私も昔、「自分の胸に手を当てて考えてみろ！」と言われた記憶があります。でもあの言葉は、きつかった。そんな持って回った言い回しをしないで、説明してよとは思いました。子供の頃は父親に怒鳴られてさんざん泣いたあと、むしろ父から「なにがいけなかったかわかったか。わかったなら言ってみろ」とよく問われたものですが、あれもきつかった。なんで突然、父の機嫌が悪くなったのか、よくわからないんですもの。だからしかたなく、「わかりました。サワコが悪かったから」と言うのが精一杯の「理由」でしたっけ。

「他人と比べない」問題にしてみても、父はしょっちゅう、「なんでお前はお兄ちゃんみたいに本を読まないんだ。本を読まないからダメなんだ」と、それがたとえ約束の時間に帰宅しなかったときであろうと、ちょっと反抗的な態度を示したことが父の逆鱗《げきりん》に触れた理由であろうとも、「そもそもサワコはお兄ちゃんのように本を読まないからダメな人間になっている」と叱られたものです。たっぷり比較されておりました。

「感情的になるな」という件については多くの女性が、「なっちゃいけないとは思うけど、なるよねえ」。

それも同感です。感情的になっていないつもりでも、いつのまにか叱る側の自分の声が震えていることに気づく。下手をすると叱っている私のほうが先に泣き出したりしかねません。修業が足りないのでしょうか。

「根に持たない」と言われても、一度、感情的になってしまうと、そうなった自分が情けなくて、根に持ちますね、私の場合。つまりはカラッとケロッとサラッと叱れということか。

部下の叱り方②――セクハラと飲み会

女性上司だけでなく、実は男性上司も叱ることに関しての悩みは多いらしく、知り合いの男性部長さんは部下を叱るとき、「借りてきた猫」同様、「個別に叱る」を実践し、他の社員の前では叱らないことを心がけているそうです。本人を別室に呼び、おもむろに、

「なんで○○をしないんだ？」

穏やかに訊ねる。詰問調ではなく、諭すように、「○○をしなきゃダメだよ」と。そういう気遣いをするそうです。

でも、別の会社の中間管理職の男性に聞いたところ、「女性社員を叱るときに別室に呼ぶのは危険なんだよ。セクハラと思われかねないからねえ」。

どうすりゃいいんだ？

その問題はのちに語ることにするとして、さきほどの穏やかに叱ることを心がけている部長さん自身の新人時代の叱られ方について訊ねると、

「それどころじゃなかったよ」

さかのぼること二十数年。自分でも生意気な新人だったという前置きのもと、喧嘩っ早いことで有名な先輩に会社近くの飲み屋に呼び出されたときの出来事を語ってくれました。

「お前、生意気なんだよ。わかってんのか、この野郎！」

その先輩に突然、胸ぐらをつかまれたそうです。そこで生意気な新人は、泣くでもなく震えるでもなく、感情を抑えてその場をしのぎ、そのあと店を出るときに、怖い先輩の前に立ち、

「今日はご指導、ありがとうございました！」

九十度に頭を下げてお礼を言った。すると言われた先輩はおおいに驚いて、以降、ことあるごとに仕事先の会合へ連れ回してくれるようになったとか。

「こいつ、生意気でね、まだ何もできないんですけど、今、鍛えてやってる最中なんですよ」

いかにも古き男社会の上下関係のエピソードですねえ。

しかし昔の上司や先輩は、叱り方が理不尽ではあったけれど、そのぶん、面倒見がよかったのかもしれません。考えてみれば、部下を叱るって、実に面倒くさいことですからね。自分の息子でも娘でもない若者を、叱って脅かして叩き上げて、そのあとご飯やお酒をお

ごって励まし、慰める。おだてたりけなしたりを繰り返しながら、じっくり一人前に育て上げるなんて、じっくり煮込んだカレーじゃあるまいし、どれほど時間も労力もお金もかかることでしょう。自分の仕事だって忙しい年頃、自分自身が迷ったり悩んだりすることもあるだろうに、つくづく手間のかかる作業だったと思います。昔の上司のモチベーションはいったいなんだったのでしょう。愛する会社のため。年長者の務めという自覚。日本を豊かにしたいという気概。中には自らの憂さ晴らしに部下をいじめる人もいただろうけれど、いずれにしても、人情味溢れる時代だったと思います。そういう「人情味」が、煩わしくなってきたんでしょうね。

終身雇用が当たり前だった時代のせいもあるでしょう。一度、会社に入ったら定年を迎えるまで、ほとんど人生の半分以上をその会社で、部下や上司と付き合い続けることになる。そういう覚悟で会社に通う以上、社員同士は一種の家族のようなもの。叱るもけなすも、「ゆくゆくはアイツのためなんだ」と兄貴のような責任感を持って後輩に接していたのかもしれません。

ひるがえって今は、入社したら生涯、その会社に勤める人が昔より少なくなりました。さらに正規雇用の人口が激減している時代です。長い年月をかけて教え教えられる関係は希薄になっていると考えられます。その希薄さが高じてか、上司と部下の間柄のみならず、全般的に人間同士の付き合いの密度を濃くしようという気配がありません。親切に社員教育をしようと厳しく教えすぎて部下が鬱々とし始めたり、声をかけただけでセクハラと間違えられそうだから遠慮したり、くだんの部長のように他の社員の前で怒ると傷つくと思って別室へ呼んだり、なにかと気遣いが必要とされている様子。

部下を個別に酒場へ連れ出して話し合うことは禁止されている会社もあると聞きます。さきほど少し触れたセクハラ問題のせいで、少なくとも男性上司が女性の部下一人を誘い出すことは、「ありえない」ことなのだそうです。

「ないない。そんなことやったら即、不倫だと思われちゃいますよ」

そう発言した女性の横で、もう一人の働く女性いわく、

「いや、でも実際は誘い出してると思うよ。ただ、夕食だと怪しいと思われる危険性があるから、ウチの会社ではたいていランチかな」

なるほど昼食なら部下のほうも気楽に応じられるかもしれません。ただ、それが通例になっていくと、

「ちょっと今日、昼めし、一緒に行かない？」

上司に誘われている光景を目撃した周りの社員から、「あ、今日は彼女が注意されるのかな?」と疑われる恐れもありそう。いやはや、叱るって場所も時間も言葉も選ばなければならなくて、大変ですね。

仕事がらみの「飲み会」については賛否両論あると思います。官僚接待などが度を超して贈収賄罪に発展するあまり、あるときからほとんど禁止されました。その流れを汲んだのか、はたまた不景気のあおりを受けたせいか、一般企業の接待飲み会も今やかなり控えられる傾向にあるといいます。

ひるがえって社内の上司が部下を誘って、「おい、飲みに行くぞ」という行事は、官僚接待とは別ものと思われますが、聞くところによると、酔っ払った上司のお酌をしながら文句を言われたり叱られたりするのは嫌だと思う部下が増え、上司が誘っても断る部下が増えたとか。たしかに悪酔いした上司にねちねちからまれた日には、いくら無料飯《タダめし》を食べられるとしても楽しいわけがない。そんな不愉快な思いをするぐらいなら、気の合う仲間と飲みにいったほうがよほど楽しいと思うのは道理です。でも、上司や先輩と飲みに行くと、ご飯が無料になるだけでなく、案外、メリットもあると思うのです。

そもそもお酒は魔物です。酔うと人が変わる。自分でも驚くような言動に走る怖れがある。どうやって家にたどり着いたかの記憶も曖昧なまま、翌朝、目が覚めて、痛む頭を押さえながら唸るのです。

なんであんなに飲んじゃったんだろう……。

そして、しだいに断片的な記憶が蘇ってきます。調子に乗って歌って踊ったこと。社長や会社の悪口をさんざん言ったこと。見ず知らずの客にまで声をかけて顰蹙を買ったこと。後輩の前で泣いて、みんなに慰めてもらったことなど、思い出したくない映像が一つずつ蘇ってくる。そのたびにため息です。浮かぬ気分のまま会社へ行き、前夜、一緒だった仲間と再会する瞬間の恥ずかしさたるや。うつむきがちに、吐露します。

「いやあ、昨日は飲み過ぎた。なんか俺、みんなに迷惑かけてなかった？」

確実に迷惑をかけたはずなのに、

「いえ、そんなことありませんよ。楽しかったですよ。部長がこんなに面白い方だったなんて知らなかったし。あのあと二軒もはしごして、ぜんぶ部長におごってもらっちゃって。ごちそうさまでした」

そうだったの？　二軒も？　ぜんぶ俺が払ったの？　背広に手を当ててさりげなく財布の中身に不安を覚えつつ、そんな優しい言葉をかけてくれる部下に対して一気に愛が芽生えるはずです。今までさほど取り柄がないと思っていたけれど、なんてお前はいいヤツなんだ！　この気遣い。この爽やかさ。もしかしてこいつ、優秀かも。よし、今後はお前が何を失敗しても、俺が身体を張って守ってやるぞ。どんな無理難題を持ち込んできても、お前のためなら頑張れる気がする！　自分のダメさ加減を目撃された引け目も背負いつつ、同時に、互いの間に張られていた薄いバリアが一枚はがれたような清々しい気持になる。えも言われぬ温もりが生まれたような、一緒に修羅場を経験したような。なんだろう、この同志感。もはや気取ったところで始まらない。この後は叱るも誉めるも頼るも本音でぶつかろう。だってもう、俺の弱みをアイツは握ってるんだもんねと。

逆もまたしかりです。「部長、楽しかったですよ」と冷静に答えた部下も、それまで仕事場では見せたことのない顔を、お酒の席で確実に披瀝《ひれき》しているはずです。そして、そんな部下の言葉や表情や行動を、酔っ払いながら上司はしっかり目に焼き付けているのです。いわばよそ行きのスーツを脱いで銭湯に入ったようなもの。アルコールの力であらわになる人間の内側は、案外、その後の付き合いにおいて欠かせぬ親近感の種になりうると、私は思うのです。

つい先日、親しい女友達の職場の打ち上げに飛び入り参加をしてきました。彼女が率いるチームがちょうど難しいプロジェクトを終えて、その夜にチーム全員でお疲れ会をするという。

「サワちゃん、参加しない？」

彼女に用事があったのですが、まあ、それも楽しそうかと出かけていくことにしたのです。居酒屋の長テーブルに十人ほどの若者が彼女を囲んで座り、グラスを掲げて私を歓迎してくれます。正社員、出向社員が混ざっているというのですが、彼女以外はほとんど全員知らない若者だらけ。いや、二、三人、おじさんも混ざっていました。そのおじさんの一人と若者が向かい合わせに座り、しんみり話し込んでいる様子です。

「どうしたの？　なんか深刻そう。大丈夫なの？」友達にそっと訊ねると、

「いいのいいの、放っておいてあげて。本人、自分がミスしたと思い込んでるから、そうじゃないよって直属の教育係が丁寧に説明してるの」

そういう光景の傍らでは、いつのまにやら赤マジックで頬を赤く染め、頭髪をぐしゃぐしゃに乱している男あり。

「どうしたの、その顔」

びっくりして聞くと、

「こいつ、酔っ払うといつもこうなんです。こっそりお手洗いへ行って、『いやあ、爆発がありまして。ヒドイ目に遭いました』って、戻ってくるとこの顔」

するとまもなく、

「よっしゃ、俺もそろそろ」

続いてお手洗いに立ち、さらなる爆発頭にしてこようと企む男一人。かたや、「あんなバカはできません」と粋がっているイケメン若者が、「やれよ、お前も」と周りにあおられ、

「美しいアガワさんの前では、恥ずかしくてとても」

拒否をしながらときどきペコちゃんのように舌をペロリと出すと、

「こいつが舌出すときは、本心を言っていないか、人の話を聞いてない証拠です。仕事のときも舌出したときは要注意です」

(美しいと言ったのは本心じゃなかったのか……)。それにしても、仲間はよく観察しているものです。そして、その観察結果や本音の感想は概して飲み会で暴露されるものなんですね。

「そんなことないですよ」。本人は必死で否定しますが、

「ほら、また出た」

二日続きの徹夜明け、過酷なプロジェクトを成し遂げた達成感も相まって、チームは和気あいあい、同時にしっかり仕事のアフターフォローも為されている様子です。なんと美しい飲み会風景か。傍観者は思わずウルウルしそうになりました。

「じゃ、そろそろ私とアガワさんは引き上げるから、あとはお好きに」

チームのボスである友達がすべての支払いを済ませるや、すでに酔っ払った若者たちが一斉に立ち上がり、「ごちそうさまでした！」の合唱。仕事の打ち上げ飲み会というのはやっぱり大事だなと、再確認した夜でした。

「酒場の本音」を肝に銘じる

私が初めてエッセイの連載を始めたのは、「婦人画報」という月刊誌でした。もはや三十年近く昔のことです。エッセイがどういうものであるかもわかっていない私に、ある日、編集長が声をかけてくださり、

「連載を始めませんか」

そう言われたのが銀座千疋屋の二階にある喫茶室の、窓際の小さなテーブルを挟んでのことだったのを、今でもはっきり覚えています。まるでお見合いみたい……と思いつつ、そのぎこちない雰囲気の中でうつむいていると、

「是非、アガワさんに書いていただきたいんです」

その声がなんと魅惑的だったことか。もちろん顔もステキではありましたが、うつむいている私のおでこあたりに響く透き通るような低音の美声はまさに、細川俊之に間近で愛を囁かれているような心持ちになりました。その声にうっとりした勢いで、私は自分が書けるか書けないかを吟味する前につい、

「はい」

承諾してしまったのです。しかし、承諾したものの、何を書けばよいのやら、毎回、悩むばかりです。自分のドジ話、友達の笑い話、父の悪口、幼い日の思い出など、あらゆる記憶の抽き出しをひっくり返してネタを探すのですが、ようやく見つけたところで、またすぐネタは尽きてしまいます。そもそもこんな書き方でエッセイというものが成立しているのかどうかも心許ない。

当時、メールはおろか、ファックスも自宅にありませんでした。毎回、原稿を書き上げると（最初は手書き、まもなくワープロで書きましたが）、出演していた深夜のテレビ番組の仕事場へ向かう途中で婦人画報社に立ち寄って、書き上げたばかりの原稿を担当の編集嬢に手渡しにいきました。

「ありがとうございます。これからすぐ入稿しますので、その間、ちょっと裏の焼き鳥屋さんで待っていてくださいますか？　編集長がいると思うので」

新橋のオフィス街の裏路地を入ったところに婦人画報社の人たちが行きつけの小さな焼き鳥屋さんがありました。仕事が終わると編集長はたいがいそこへ一杯ひっかけに立ち寄るらしい。

「はい、わかりました」

店ののれんをくぐるとたしかに編集長がカウンター前に座って杯をあげていらっしゃいました。

「ああ、アガワさん」

細川俊之の声でニッコリ笑って、「まあまあ、座りなさい」。そしてすぐに、

「連載、調子いいじゃないですか。なかなか面白い！」

低音の美声が店に響きます。

「本当ですか！」

私は嬉しくなって、とっくりを持ち上げて、「はい、どうぞ」。

「おお、ありがとうございます。すみませんねえ、おっとっと。じゃ、アガワさんも」

「いえ、私はこれから仕事なんで」

生放送が控えている身です。お酒を飲むわけにはいかない。かわりに日本茶を注文し、焼き鳥一本、二本ぐらいをつまみつつ、しばし編集長と機嫌よく歓談。差しつ差されつ、じゃなくて、差しつ差しつ担当編集者を待ちますが、なかなか来ない。

「あいつ、遅いなあ」

「そうですねえ。私、そろそろ行かないと」

腕時計を見つつ、そわそわし始めると、やおら編集長、

「エッセイは、日記じゃない！」

低音の美声が轟いた。

「は？」

見ると編集長の目がやや据わり気味のご様子です。

「えー、でもさっき、面白いって……」

誉めてくださったはずなのに。そう言い返したかったのですが、その隙も与えられないほどの強い口調で編集長は再び、

「エッセイと日記は違う！」

そこへようやく担当者がたどり着き、

「お待たせしてすみません。アガワさん、そろそろテレビ局ですよね」

おろおろする私を引っ張って店から連れ出されたから、それ以上のお小言はなかったのですが、それでもかなりショックを受けました。

そうか、お酒を飲むと本音が出るんだ。今までしらふのときにおっしゃっていた言葉は

すべてお世辞だったのか……。

でも、それ以来、私はエッセイについてそれ以前よりは少しだけちゃんと考えて書くようになりました。日記とは違う。たとえテーマは日記と同じでも、日記とは違うだけのものに仕立て上げなければ、他人様に読んでいただける商品にはならないんだぞ。いいか、サワコ、エッセイは日記じゃないぞ！　エッセイを書くことに苦しむたび、私はかの編集長の言葉を思い出し、肝に銘じます。同時にあの日の編集長の酔っ払った顔が頭に浮かび、思わず噴き出してしまいます。

お酒って、本当に人を豹変させて面白い。本音を聞く絶好のチャンスにもなる。もちろん飲み過ぎて人に不快感を与えては元も子もないですが、面白く思う程度にとどめておけば、きっと昼の仕事場では知ることのできない新鮮な発見があると思うのですけれどね。

正解を求めない

山藤章二さんとお会いしたとき、

「最近の連中は、すぐにわからないことを調べる」

とおっしゃいました。今や辞書を引かずとも、携帯電話ですぐに検索できる。便利になったものですねえと反応したところ、

「それが嫌なんですよ」

あるとき山藤さんが奥様とお喋りをしているうちに、

「そういえば、水の江瀧子って死んだっけ？」

「死んだんじゃないですか？」

「いや、まだ生きているんじゃないかな。そういうニュースを見た覚えがないもの」

「でも、最近、まったく噂を聞きませんよ」

そんな会話を交わすうち、そういえばＮＨＫの『ジェスチャー』という番組を昔はよく見ていたねえ。柳家金語楼が男性チームのリーダーで、ターキーが女性チームのリーダー

でね。あの番組は面白かったねえ。そうだ、ターキーは三浦和義のおばさんだったんだっけ。あの事件はどうなったんだっけ？　などと、さまざまに話題が広がっていったそうです。

そして数日後、山藤さんのところへ若い編集者が訪ねてきたので、

「水の江瀧子が死んだかどうかって家内と話題になってねえ。あの人はまだ生きていると思うんだけど」

その話を持ちかけたところ、すぐに、

「あ、水の江瀧子は亡くなっています」

編集者が携帯画面を見ながら教えてくれたので、山藤さんは憤慨なさったのだそうです。

「だってね。答えがわからないうちが面白いんだ。せっかく夫婦で会話を楽しんでたのに、答えがわかっちゃったら、その時点でその話はおしまいですよ。ちっとも広がらなくなっちゃう」

なるほどなと思いました。つまり結論はどうでもいいのです。結論がどうであるかを探っている時間とその作業が大事なのです。ああだこうだ、そうじゃない、そうだろうと頭を巡らせて、ついでにそこから派生した関係のあることないことをいろいろ思い浮かべ、

そこで新たな話に発展させていくことが楽しいのです。

お酒を飲みながらの会話なんて、ほとんどそんなものですものね。

「ターキーで思い出したけど、なんでアメリカ人はサンクスギビングデーに七面鳥を食べるの？　ホントにあれ、アメリカ人はみんな食べてるの？」

「知らないけど、食べてるんじゃないの？」

「だけどクリスマスのときは鶏の丸焼きだろ？　クリスマスのほうがお祭りとしては大きくない？」

「そりゃ、イエス・キリスト生誕のお祭りだもんね。世界的にはそっちのほうが大きいだろうね」

「それで思い出したけど、年末に第九を歌うのって日本人だけなんだって？」

「あ、そうなんだ」

「なんで？」

「それがよくわかんないんだけどさ」

「で、何の話からその話になったんだっけ？」

「だから水の江瀧子は死んだかどうかって話だよ」

「ああ、で、死んでないんだろ？」

「いや、死んだんじゃないの？」

なんて調子で、誰も何も定かなことはわからないまま、話はダラダラと続いていくのです。

かつて和田誠さんが飲み会から帰宅なさって、出迎えた奥様の平野レミさんに、

「いやあ、すごく楽しかった。笑い転げたよ」

飲み会の感想をおっしゃったところ、

「何が面白かったの？　ね、お父さん、誰の話が面白かったの？　何の話が面白かった

の？」

その飲み会に出席できなかったレミさんは、どんな話が繰り広げられたのかを知りたく

て、和田さんを追及するのですが、

「もうね、和田さんったらね。なんだか何にも覚えてないけど、すごく面白かったって言

うのよ」

私はその話をレミさんから聞いて、笑い転げました。なんだか何にも覚えていないけれ

ど、すごく楽しかった飲み会って、本当にいい飲み会だったのだろうと思うのです。楽し

い会話って、正解を知りたいがために延々と話しているわけではないのですよね。

叱られる覚悟

男女雇用機会均等法が施行された直後に大手都市銀行に入社した女性は、取引先で苦い経験をしたと言います。当時はまだ、女性行員が配属されるのはもっぱら事務仕事が主流だった時代。営業を担当させられる女性は珍しかったそうです。取引先の会社に行くと、

「なんで女を担当につけるんだ。ウチの会社もずいぶん軽く見られたもんだ。他行からもこの間、初めて女性の担当者が来たけど、男に替えてもらったよ」

そう言われ、すっかりしょげて銀行へ戻りました。やはりウチも男性の担当に替えたほうがいいのではないでしょうか。彼女自身が上司にそう進言すると、

「いや、違う。今の相手先に、この担当者でよかったと思わせるのがお前の仕事だ」

上司にそう言われ、そのとき彼女は開き直ったと言います。たしかに上司の言う通りだ。意地悪するなら、受けて立とうじゃないか。そして次の日から最新の金融情報や新しい形態の保険商品を徹夜でみっちり頭に叩き込み、文句を言われた取引先に持って行き、懲りることなく通い続け、丹念に説明したところ、しだいに相手も素直に話を聞いてくれるよ

うになり、彼女が訪ねてくるのを心待ちにし始めたそうです。これぞ営業の醍醐味だ。おおいなる達成感を味わって、それ以来、一見、感じの悪いお客さんを相手にするのは苦にならなくなったと言います。

「何を考えているのかわからない腹の黒そうな人より、はっきり文句を言って叱ってくれるお客様のほうが、私、得意なんです」

テレビ局に勤める敏腕女性報道記者も、新人時代、先輩から厳しく鍛えられたそうです。

「夜討ち朝駆けの睡眠不足が続いて、フラフラになって歩いていたら、『はやく歩け！』と蹴飛ばされ、つんのめって転んで鼻血を出したこともあります」

報道の仕事は女性たりとも手心を加えてもらえない厳しい現場だとは聞いていたけれど、そんなひどいことまでされたのかと驚きました。ここには書けないほどの暴力まがいの仕打ちも受けたというけれど、そんな目に遭ったとき、彼女が心に期したのは、

「特ダネを一個でも取って、ぜったいにいつか見返してやる！」

だったそうです。そして頑張った末、特ダネを取った暁には、

「あのとき、活を入れてもらったおかげだな」と納得できたとか。

そんな過酷な体験をした彼女が今、部下を抱えて悩んでいるそうです。

「部下に仕事で失敗されて、その尻拭いを私がして、こっちも疲れ切っている中で、よかれと思ってエネルギーを振り絞って叱りつけたら、『パワハラだ』って言われるんですよ。私なんか社内でほとんど鬼扱い。そんなみじめな思いをするぐらいなら、叱るなんて一切やめて、何を失敗されても『いいよ、いいよ、気にしないで』と言って、最初から自分でぜんぶ片付けるほうがよっぽど楽ですよ。でも、そういうふうにすると部下は育たないどころか増長するし、行き着くところは組織全体が弱体化することになりかねないから、そうも言っていられない。結局、鬼と呼ばれるしかないんです。だいたい見所のないヤツは叱らないわけで、期待する人材だから叱るんだってこと、あいつら、わかってないんですよ」

逞しい女上司の心の内は、案外、見えません。怖い上司というものが、実はつらい思いをしているなんて、その下で叱られているうちはわからないものなのです。

私にもささやかな経験があります。前にも触れたテレビの情報番組で、あまりにもボスが怖いので、泣いてばかりおりました。ボスが帰ったあと、周りのスタッフやプロデューサーが慰めてくれるのですが、私は不幸のどん底です。

「どうせ私なんか役に立たないし、ボスには嫌われているんだから、いてもしょうがないと思います。もう辞めたい！」

そう言うと、

「本気で嫌っていたら、叱らないよ」

プロデューサーがぼそっと呟いた言葉が忘れられません。仲間内で「お母さん」と呼んでいた年配のタイムキーパーの女性にも慰められました。

「叱られるうちが花よ。もうこいつは育てる甲斐がないと思ったら、叱ってくれなくなるんだから」

なんてみんな逞しいんだろう。そういう経験を自分もしてきたからこそ、言える言葉なんだろうな。慰めてくれる仲間に感謝しつつ、それでも私はなかなか「叱られてありがたや！」とは思えませんでした。喉元過ぎれば熱さ忘るる。怖かった記憶が薄らいだ今になってようやく、ボスの秋元秀雄さんの有り難みとご苦労を改めて実感している次第です。

思えばよく怒鳴られました。

「テレビに出ているからって図に乗るんじゃない」

「相手の言ってることだけ聞いて取材をしたつもりになるな。そんなことはガキでもできる」

「こっちの望んでいる話が聞けなかったら、その場で取材の根本から構成を立て直せ。ついでに他の面白い話を最低一つは拾ってこい」

「人の言い分を聞くときは、その人がどこに依って立って発言しているか、誰に給料をもらって生きているかを考えながら聞け。お説ごもっともなんて簡単に感動して帰ってくるな」

「業界用語、専門用語を使ってわかったつもりになるな。つねに幼稚園児にもわかるような比喩ができなきゃ、わかったことにはならん」

「ぐだぐだ説明が長過ぎる。ばばあのしょんべんじゃあるまいし」

ばばあのしょんべんという比喩が、当時はぜんぜんわからなかった若かりし頃の話です。

新人研修では怒らない

ある企業の入社面接にて。

「この会社で何をやりたいですか」

面接官が質問すると、

「留学経験があるので英語力を生かしたいです」

「では、我が社にはいろいろな部署がありますが、たとえば英語力を生かしてどこの部署で働いてみたいですか」

たちまち面接に来た学生が、「会社の部署なんてまだ入っていないのでわからないのに」と泣き出して、これは圧迫面接であり、パワハラをされたと訴えたそうです。この問題についてその企業のキャリアカウンセリング担当者は、

「結局、自分はこの会社でこんなことをやってみたい、という発想ではなく、私のいいところをそちらが見抜いてください、というノリの子が多いんです。成績のいい子ほど、『私のどこがいけないのかわからない』という状態に陥りやすい傾向があります」

ある大手企業の管理職の方の話によると、新人五、六人のうち、毎年一人か二人は上司に注意されたことが原因でメンタルを病んで出社しなくなると言います。自分が叱られたことが原因ならいざ知らず、隣の席の先輩社員が怒られているのを見て、会社に来られなくなる新人もいるという。

そんなセンシティブな状況のせいか、新人が社内研修をするときは、

「今日の三時に新人が来るから、いいか、絶対に大きな声を出すなよ。怒っているところを見せるな。ニコニコしているように」

と、部長からお達しが出る。そこでみんな和気あいあい、

「このレポート、よくできているね」

「さすが若くてフレッシュだねえ」

などと、まるで腫れ物にでも触るような応対をせざるをえないそうです。

知り合いの女性新聞記者が大学の教授から頼まれてメディア論の講義をしに行きました。すると、教室で居眠りをしている学生がいた。まあ、そういう子もいるだろうと思ったので黙認していると、付き添っていた教授が彼女に失礼だと思ったのか、

「特別に仕事の合間を縫って講義に来ていただいているんだから、居眠りはやめなさい」

そう学生に注意をしたところ、

「なんで寝ちゃいけないんですか。何が悪いんですか。今、寝たいんですけど」

反論し、また寝始めた。教授はさすがに業を煮やし、

「だったら講義を聞かなくていいから、教室から出ていきなさい」

すると、

「私は○○子ちゃんと一緒にいたいのに、なんで出ていかなきゃいけないんですか」

またしても果敢に言い返してきたそうです。

怒られると過度に落ち込んでしまう弱々しい若者がいるかと思えば、怒られると自己の理屈を掲げて堂々と反論する者もいる。感情が脆弱になるいっぽうで、訴える技と知識は豊富になっているらしい。

「へ理屈はいい。黙って言うことを聞け！」

なんて怒り方はもう通用しないのでしょうか。

親は嫌われる動物と思うべし

週刊文春の対談で泉谷しげるさんにお会いしたときのこと。泉谷さんの父上の話題になりました。泉谷さんのお父さんは大工さんだったそうで、とにかくいつも怒っていた。ものすごく怖かったと、今や誰より怖いと定評の泉谷さんがおっしゃいます。

「うるせえ、お前がいけないんだ」

理由はわからないけれど、叱り飛ばされる。それが日常茶飯事だったと。そのうち今どきの「子供に嫌われたくない親」の話になると、

「そんなこと言ってるからダメなんだよ。親なんてもんは、嫌われる動物なんだから。嫌われるのを怖れてたらダメなんだよ」

親はそもそも理不尽な動物である。あるとき「いい」と言ったことを、翌日には「悪い」と否定する。それでは理屈が通らないと子供は混乱するけれど、とりあえず親の言うことに従わないと、ご飯を食べさせてもらえないし、温かい部屋に入れてもらえない。理不尽だと思いつつ、その中で生き延びるすべを身につけていくのが子供の仕事だと泉谷さ

んはおっしゃいます。

「だけど今の親って、完璧を求めすぎてるんじゃないの？　立派な親にならないといけないって思い過ぎてるんじゃないのかなあ」

親も人間。そんなに立派であるわけがない。自信もないし迷いもある。

「お父さんの言っていること、筋が通らないよ」

「うるせい。俺が駄目と言ったら、駄目なんだ！」

「えーん」

理不尽に叱られた子供の悲しみを、昔は受け止めてくれる他の家族がいました。それは母親だったり、あるいはおばあさんだったり、兄弟だったり。そういう役割分担が家庭内にしっかりあったから、子供は親の理不尽にもなんとかついていけたのだが、核家族化が進み、親は「怖い」も「優しい」も、すべてを背負わなければならない。となると、野方図に叱り飛ばして放っておけないし、小さい家の中で子供と険悪な関係を続けるわけにもいかない。そもそも自分が惨めになる。だから子供に嫌われないような叱り方を模索するようになったのではないでしょうか。

「でも、子供は親のこと、嫌いなのが当たり前なんじゃないの？」

そうおっしゃったのは、脚本家の大石静さんです。

「親がうるさいから、早くこの家を出たいって思うのが子供でしょ。子供に自立してもらいたいと思ったら、親は嫌われる存在でなきゃ」

たしかにそうですね。親が優しくて、何でもしてくれて、親の家がこよなく居心地がよかったら、家を出たいとは思わないでしょう。どんなに遅く帰ってきても怒らないし、寝坊をしても文句も言わず、おいしいご飯を作って、洗濯も部屋の掃除もして、経済的援助も惜しみなくしてくれる。稼ぐお金はすべて自分のお小遣い。そんな親元にいたら、面倒な恋愛をして、あれしろこれしろとわがままを言う女の子（男の子）と一緒に暮らすなんてことは、できるだけ先延ばしにしたいと願うのも無理はありません。

「ははあ、だからアガワさんは結婚しなかったんですか。親の家の居心地がよくて……？」

そう言われると、困ります。そんなことは、断じてない……と思う。

「座っていればけっこうです」

私は、世にも怒りっぽい父親の家を出て、怒声轟く生活から一刻も早く解放されたいと、子供の頃から強く望んでおりました。だからといって、何の技能も能力もない私が職業に就くなどという発想は浮かびませんでした。女性が社会で働くことは、まださほど当たり前ではなかった時代です。働いたとしても結婚するまでの腰掛け程度。そんな中途半端な就職をするぐらいなら、さっさと結婚したいという思いのほうが強かった。しかし、親に反対されるような結婚をしたら、結婚後も長く父の不愉快そうな顔を見続けなければならない。それも辛そうだからして、父が気に入るような、そして私が全面的にお頼りできるような逞しくて優しい、決して怒鳴ったりしない、でも気骨のある殿方と燃えるような恋愛をして、めでたく花嫁衣装に身を包みたい。そんな出会いを求めて何千里。幾多のお見合いを繰り返したのです。が、ままならなかった次第。

幸か不幸か、伴侶に巡り会えなかったおかげで、三十になる直前に、仕事に恵まれました。

でも、三十歳を間近に控えた頃は、本当に悪夢を見ましたよ。このまま私が結婚できず、歳を取り、六十歳ぐらいになってもまだ親と同居している夢。父も母も耄碌《もうろく》し、しかし父はスクルージのようにヨタヨタしながら怒鳴る気力だけは健在で、常に不機嫌。行けず後家の私は老眼鏡をかけながら身体をかがめて父に怒鳴られつつ、台所仕事をし、介護にいそしみ、ヨレヨレになった母のそばでオンオン泣いている。

「そんなの、嫌だ！」

　恐ろしさのあまり、ガバッと跳ね起きたこともあります。そんな恐怖を抱えている頃に、ちょうどテレビの仕事の話が舞い込んできたのです。捨てる神あれば拾う神あり。でも当時はこれで人生が開けたなんて、とうてい思っておりませんでした。たまたま拾ってもらっただけで、こんな仕事が長く続くわけはないし、だいいち、私にそれだけの能力がなにもなかったのです。アナウンサーの勉強をしたことがない。報道に関心が高かったわけでもないのです。それどころか、

「恥ずかしながら漢字もろくに読めない、新聞も読まない、知識教養にことごとく欠如して、世の中の常識もろくに知らん娘が、いったいテレビの報道番組に出て、なんのお役に立つでしょうかねえ」

　番組プロデューサーと初めてご挨拶をした日、父が謙遜でも照れでもなく、本気でそう言っていたのを聞いて、傍らに控える娘自身も心底、同意したものです。「いやいやいや」とプロデューサー氏は苦笑いをし、その数日後に私が再度、確認の意味を込めて、「いったい私は何をすればいいのでしょうか」と訊ねたら、はっきり言われました。

「座っていればけっこうです。座っていてください」

なんと失礼な、とはちっとも思いませんでした。むしろホッとしました。ややミーハーな気持で引き受けてみたものの、どうせ無能なことは早晩、バレるであろう。でも生涯に一度、テレビに出たという思い出は残る。のちのち孫と一緒にアルバムをめくって、

「おばあちゃんね、昔、テレビに出ていたことがあるんだよ」

「うわああ、おばあちゃん、テレビに出ていたの？　これがそのときの写真なの？　すごーい。かっこいーい」

孫に感心される光景を思い描き、それぐらいの軽い気持で始めたのでありました。

さてテレビ局側としては、どうして私なんかを起用することにしたのか。改めてその理由を聞いたことはありませんけれど、間違っても私が「報道番組で活躍するほどの能力がありそうだ」と見込んだのでないことだけは明らかです。なにしろ「座っていればいい」とおっしゃったくらいですからね。若くて美人という理由も成り立ちません。そのとき私はすでに三十歳になる一ヶ月前だったので、決して若くはなかったのです。だからおそらく、無名ではあるけれど、「作家の娘が報道番組のアシスタントを務める」というささやかな話題性だけを頼りに起用されたとしか思えません。いわば、「親の七光り」で採用さ

れたのです。

「七光り」のそもそもは、私が父と一緒に文藝春秋の月刊誌の記事広告に載ったことがきっかけです。なぜそういう話になったのかは知らないのですが、その広告記事の写真を撮影していたのが、今は亡き秋山庄太郎さんだったからのようです。時計会社のその広告は「娘が嫁ぐときに贈る時計」というテーマで、各界の父と娘が仲良く並んで記念撮影風に写真に収まって、そこへ「愛のギフト、父から娘へ」とタイトルが載ります。普段、家族でそのような場に出演することを、ことごとく避けるはずの父が、なぜか承諾したのは、もしかして父の収入が減っていたせいか、あるいは秋山さんに借金でもしていたのではないかと推測されますが、いずれにしても、私は指定された日の指定された時間に、西麻布にある秋山さんの撮影スタジオを訪れました。

「サワコさんはお父さんの横に立ってみて。そうそう。で、お父さんの肩に軽く手でも添えてみるのはどうかな？」

　どうやらカメラマンの秋山さんは、父と娘の仲睦まじいところを写真に納めようと思っておられるご様子です。ところが父ときたら、不機嫌な顔で椅子に座っているではないですか。私は恐る恐るその隣に立ち、秋山さんのおっしゃる通り、手を伸ばして父の肩に載

せました。たちまち、

「気持悪い、触るな」

父の不愉快そうな声が響きます。なんで私が怒られなきゃいけないのよ。別に私は触りたくて触ったわけじゃないのに。声には出しませんけれど、内心、こちらもムッとします。

すると秋山さん、

「じゃ、お父さんの眼鏡でも持って。笑顔でお願いします」

シロウトの被写体としては手持ち無沙汰になると表情もこわばってしまう。固くならないようにと、眼鏡の提案をしてくださったのに、父は相変わらず苦虫をかみつぶしたような顔です。娘の私もなんとなく気持が晴れず、自然な笑顔にはなれません。その後もあれやこれやと秋山さんになだめすかされつつ、しかし結局父娘ともども、とうてい仲睦まじさとはほど遠いどんよりした表情のまま、雑誌に掲載されることとなりました。

その不機嫌な父娘の写真が、なぜかテレビのプロデューサーの目に留まったらしいのです。人生とは不可思議なものです。あんな不機嫌そうな顔で、よくぞ採用されたものだと思います。でもあの写真は、あの頃の私と父との関係が、もしかしてもっとも率直に表れていた一枚かもしれないと、今は懐かしく思い出されます。

II

叱られ続けのアガワ60年史

その1「家なき子」事件

記憶にあるかぎりで父に激しく怒られた幼少の思い出は、たくさんありますが、特筆すべき事件は、たしか四歳ぐらいのこと。

その日、私は二歳年上の兄と一緒に和室で遊んでおりました。ふすまを隔てた隣の部屋で父が原稿書きをしているのは、子供ながらにもわかっていたので、これでも気を遣ってヒソヒソ声で遊んでいたはずです。すると突然、ふすまがガバッと開かれて、着物姿の父が仁王立ちをしていました。ハッとして目を上げると、

「うるさい！」

父の怒声が飛びました。へ？　静かに遊んでいたつもりだけど……。唖然としている私と兄に向かい、父は、

「お前たちがそこにいる気配がうるさい。どっか他のところへ行ってくれ」

その年頃に「気配」という言葉を理解できたかどうかは定かでありませんが、何も悪いことはしていないけれど、とにかく私と兄が「そこにいる」こと自体が父にとって不愉快

なんだなとは子供心に察知したと思います。どんなに幼くても危険に対しては敏感です。まもなく父は母を大声で呼びました。

「おおい、こいつらを連れて外へ出ていってくれ。夕方まで帰ってくるな。早くしろ！」

台所から母が飛んできて、私と兄は抱えられるようにして縁側から外へ出ると、そのままとぼとぼ町へ向かいました。そういう「出ていってくれ」事件はその後もしばしば起こりました。

あるとき、いつものように父に追い出され、母と兄と三人でしばらく商店街を歩いてのち、母が映画館へ足を向けたことがありました。

昔の田舎の映画館は、それこそ掘建て小屋のような汚い造りで、中は薄暗く、水洗ではないお手洗いの臭いが充満していました。母に手を取られ、人がたくさんいる薄暗いホールに入って席に着くまで、私は「くっさーい」と思っていた記憶があります。そして本格的に照明が落とされて、まもなく、

「ジャーン」

音楽とともに正面の大画面に映像が映し出されました。現れたのは、延々と続く土の道を歩く幼い子供とおじいさんの姿。そこへ大きな文字のタイトルが出て、いわく、

「家なき子」

その瞬間、なんとなく自分の身の上に似ているなと思ったこと。そして、いつのまにかお手洗いの臭いが気にならなくなっている自分に気づいたこと。あー、臭いって、慣れるんだと思った。それだけははっきりと覚えています。

その2　涙の誕生日事件

同じ頃。

私の誕生日が訪れました。私の誕生日は十一月の始め。そろそろ冬の気配が近づく頃です。

「そうか。今日はサワコの誕生日か」

珍しく父が穏やかな声で言いました。なにかプレゼントを買ってもらえるのかな。

「何が欲しい、サワコ」

珍しく優しい父の声に私はドキドキしました。うーん、何が欲しいかな。何がいいかな。考えていると、

「よし、せっかくの誕生日だ。うまいもんを食いに行こう」

こうして私の誕生日プレゼントは、家族揃って中華料理を食べに行くことに決定。当時、父は日野ルノーという四人乗りの小さな車を持っておりました。父が運転し、母が助手席に乗り、私と兄が後部座席に乗る。これがお決まりとなっていました。

ようやくお店に到着し、丸テーブルでご飯を食べて、食事を終えて、母が会計を済ませ、さあ帰ろうと、店のドアを開けたとたんにびゅうっと北風が吹いてきました。思わず私は、

「寒い！」

そのひと言が私の運命を決定づけました。

「なんだと？」

父が私を振り返ります。

「寒いとはなんだ、寒いとは」

なんだかわからないけれど、父は私を怒っている。恐怖のまなざしで父を見上げると、

「いったいどういうつもりだ。お前の誕生日だからこうしてうまい飯をごちそうしてやったのに、開口一番、寒いとは、どういうつもりだ！」

つまり、娘の私の取るべき正しい態度としては、お店を出た直後に、

「お父様、ごちそうさまでした。あー、おいしかった！」

と、こんな具合の感謝の言葉を父は期待していたのでしょう。が、私は北風に反応してしまったというわけです。父にしてみれば、なんという恩知らずな娘かと腹が立った。でも私は突然の怒声に戸惑うばかりです。

それまでは珍しく平和に食事をしてきたはずなのに、どうしてこんな展開になっちゃったんだろう。父が怒鳴り始めた。怒鳴っている対象は私である。となれば当然、悲しくなり、わんわん泣き出します。歩きながら泣いて、駐車場に到着して車に乗っても泣いて、車が出発しても、泣き続けました。その間、父は後部座席の私に怒鳴り続けているのです。

こういうとき、母はどうしているかといえば、たいていの場合、静かにしています。ここで口を挟むとろくなことにはならないと長年、学習していたからです。でも、さすがに父の怒鳴り声と私の泣き声が狭い車の中で延々と続くので、とうとう母が禁断の言葉を発しました。

「もうそんなに怒らなくてもいいじゃないですか。サワコもわかったと思いますから」

父の怒りはたちまち母へ方向転換。

「なんだと？　だいたいお前の教育が悪いんだ。お前が子供を甘やかすからいけないんだ」

「でも、そんなにまで……」

「俺が言っていることに不満があるのか。俺が間違っていると言いたいのか。そんなに気に入らないなら出ていけ。ここで降りろ！」

父はブレーキを踏み、車を止めて、母を降ろしてしまったのです。なんたること！　私の恐怖は頂点に達しました。いよいよ一家離散か……。母とはもう二度と会えなくなるのか……。

こうして父と兄と私は家に到着。私はまだ泣き続けていましたが、さすがに泣きつかれ、しゃくり上げているところへ、鬼のような形相の父が近づいてきました。

「何が悪いかわかったか」

その質問にはいつも悩まされました。何が悪かったのか。いくら考えてもよくわかりません。かすかな心当たりとしては、「寒い」と言ったことのようです。でも、寒かったから「寒い」と言ったのが、そんなに悪いことだったのか。しかし、ここで「わからない」と言ったら、今度は私が家から追い出されるでしょう。

「うん」

私はしゃくり上げながら答えます。

「サワコが悪かった」

すると父はたちまち優しい声になり、

「わかったならいい。もう寝なさい」

ようやく怒りから解放されます。そして布団に入るのですが、もう母とは会えないかもしれないと思うと、悲しくて悲しくて、また涙が流れてきます。泣きながら、いつしか眠りにつくのです。

そして朝になると、なぜか母が家に戻っていて、どれほど私は安心したことでしょう。その事件が最初だったと思います。私が「記念日」を怖れるようになったのは。以来、誕生日、クリスマス、お正月などの「記念日」には、たいてい大波乱が待ち受けておりました。

「誕生会は禁止する！」

なぜ私が「記念日」恐怖症になったかと言いますと、しつこいようですが、もう一つ大きな事件があったことを思い出しました。

小学二、三年生のときだったと思います。当時、子供の間で流行っていた「お誕生日会」を私も開きたくなって、自分の誕生日に手書きの招待状を作り、親しい友達に配りました。

「学校が終わったあと、ウチに来てください。ケーキやサンドイッチを用意して待っています」

放課後、私は一目散に家へ戻り、パーティの準備を始めました。すでに母はサンドイッチをお皿に並べ、デパートで買ってきたイチゴのショートケーキにろうそくを立てる用意もしています。来てくれた友達にお礼のお土産も買ってありました。あとは友達が訪ねてくるのを待つだけ。ところが、ワクワクしている私のところへ、「今日、行けなくなっちゃったので、ごめんね」というキャンセルの電話が続々とかかってきました。その結果、来てくれたのはたった二人だけ。テーブルにたくさん並ぶサンドイッチやごちそうの数々。大きなケーキ。みんなに配るお土産の入った籠。その前にひっそりと、客人二人と私が座り、どうにも盛り上がらない情けない空気が漂います。そこへ、二階の書斎から父が降りてきて、

「どうしたんだ?」

母が説明します。

「サワコの誕生日会に、二人しか来られなくなっちゃって」

みるみる父の顔がこわばっていきました。さて、父は何に対して怒り始めたのでしょうか。なんという冷たい友人たちだ、これじゃサワコが可哀想だろうって? ブー。不正解

です。

「だから言ったじゃないか。たくさん料理を作って部屋を飾って贈り物も買って、親がさんざん振り回されて、そのあげくがこのザマか。ふざけるな！」

そして私に向かって怒声を発したのです。

「いいか。もう二度とこんなバカバカしい会をすることは許さん。今後いっさい、誕生会は禁止する！」

その後、私は一度も我が家で友達を招いた自分の誕生日会を催したことはありません。

父は決して、子供の誕生日を祝ってはならないと言っているのではなかったと思います（好意的解釈）。ただ、子供のために親が必死になることをことごとく嫌うのです。一家の主はあくまで父親。家族を養っているのは父親です。だから妻は常に夫の動向と機嫌に目を配り、夫の世話をするのが第一義的仕事であり、子供の世話は二の次三の次。夫を放って子供のために奔走することはけしからん。不満があるなら出ていきなさい。それが我が家の憲法でした。親が子供に時間やお金や労力をかけることは、まかりならない家庭だったのです。

父に、子供の誕生日を祝ってやりたい気持がないわけではありません、たぶん。父が率先して祝いたいと思った場合は、オーケーなのです。父にしてみれば、普段、癇癪ばかり起こしてろくにかまってやれないが、誕生日ぐらいは子供サービスをしてやるか。そんなけなげな気持になることもあるようです、どうやら。ただ、柄に合わない静かで優しい父親は長続きしません。今日だけはイライラしたり怒ったりしないようにしよう。そう思って我慢していると、我慢しているぶん、反動は大きくなるらしいのです。そのため、いつもならこんなことで怒鳴るはずはないのにというような、ほんのささいな子供の生意気な態度が、癇に障って爆発してしまうのでしょう、たぶん。

「これだけ俺が我慢しているのに、その態度はなんだ！」

こうして私は成長するにつれ、父をできるかぎり刺激しないで生きていたいと思うようになりました。

「私の誕生日なんだから、なにかしてほしい」

「クリスマスだから、どこかへ行きたい」

それればかりではありません。私の記憶にあるかぎり、父に向かって「あれが欲しい」とか「これがしたい」などといった「おねだり言葉」を口にしたことはほとんどありません。

もちろん、父のほうから「サワコはなにが欲しい」と問われた場合は、「よし、絶好のチャンス！」とばかりに頭を巡らせます。せっかくの父の気持を損ねないよう最善の注意を払いつつ、怒りを買わない程度の要求を申し述べることにします。でも、父に問われもしないうちに娘の私が自己主張やわがままを言い、たとえその要求が受け入れられたとしても、必ずや、そのあとさらに面倒なことが待ち受けているとわかっている。ならばいっそ言わないほうが楽だと、いつの頃からか、さっさと諦める癖がついてしまいました。

たとえば私がどこかからの帰り道、「アイスクリームを食べたい」と言ったとします。ちょうど父も同じ気持であった場合は許されるかもしれませんけれど、娘が食べたいと言ったアイスクリームを買うために、わざわざ寄り道をしたら運悪く店が閉まっていたとか、道路が渋滞したとか、なにかのトラブルが起こったとき、父はイライラし始めます。そして、「そもそもお前がアイスクリームなんかを食べたいといったからこんなことになったんだ」と私が怒鳴られるはめになる。そんなことならいっそ、「今、食べたい」なんて言わないで、翌日にでも自分で買いにいけばいいのです。そのほうが一家の平和は保たれます。

一度、これもごく幼い頃に失敗したのです。家族でどなたかのお家へ伺った帰り、いちごをワンパック、お土産にいただきました。私は嬉しくて、そのいちごに生クリームをかけて食べたいと思いつきました。子供の頃、私は牛乳が嫌いで、いちごミルクにして食べるより、ほのかに甘いトロンとした生クリームをからめて食べたほうがよほどおいしそうだと思ったのです。加えてその頃、友達のお母さんが焼いた「いちごの生クリームショートケーキ」の夢のような美味しさに目覚めたばかりでした。当時、お菓子屋さんで売っていたケーキはほとんどがバタークリームのついたものばかりで、感動もひとしおだったのです。そこでつい、父の運転する日野ルノーの後部座席にて、いちごの包みを触りながら、

「これを生クリームで食べたいな」

声に出していってしまったのですね。突然（怒られるときは、いつも突然です）、ハンドルを握っていた父が、

「なんだと？　生クリームだと？　なんて贅沢なことを言う子供だ。どういうつもりだ、え？」

それから延々、父は私を怒鳴り続けました。当然、私は泣き出します。泣き続け、まもなく母がかすかに口を挟み、すると父が「そもそもお前の教育の仕方が悪いんだ。お前も口答えするつもりか。だったら出ていけ」という、いつものパターンが始まります。

そのいちご事件の夜は、母が車から降ろされるまでには至らなかったと記憶していますす

が、そののち私は牛乳屋さんの前を通るたび、ガラスの牛乳瓶が十三円、隣の生クリームの瓶が五十円（ぐらい？）。その値段の差を確認し、「贅沢は敵だ」と小声で呟いたものです。

その3「お父さんにそっくり」事件

こう書いていると、まるで私は小公女のように可哀想。思い出すだに泣けてきますよ。とはいえ、小公女ほど不幸だと思ったことはありません。どんなに激しく父に怒鳴られて、何度「この家から出ていけ！」と言い渡されても、母は私のことをちゃんと理解してくれているはずだと信じておりました。娘が怒鳴られているうちは静かに成り行きを見守っているが、父が怒りの余韻を残して書斎に引っ込んだあと、きっと慰めてくれるだろう。兄もさりげなく私を心配してくれているに違いない。そして怒り狂った父だって、「サワコが悪うございました」としばらくのちに謝れば、その直後はギクシャクするだろうけれど、怒鳴り散らしたぶん、思いのほか、優しくなることはありましたから。怒鳴られている最中は、そんな優しい目つきをしてくれるときが来るなんて、とうてい信じられなかったですけれどね。

なにしろ父が激怒すると、激怒した対象に対して世にも憎々しげな目つきをします。かたちは細くて三角、軽蔑に満ちた目つきです。

「ああ、こんな睨み方をされるなんて、もしかして私はこの家の子ではないんじゃないか」

当時、読んでいた悲劇の少女の物語や漫画の影響を受け、そんな想像をしたことが何度あったでしょう。

「こんどこそ、私は父に本気で憎まれて、もうこの家を出ていくしか生きていく道はないかもしれない」

そんな不幸に満ちた話を友達にすると、なぜか友達は、笑うのです。

「また？」

そして笑いながら、

「すぐに収まるわよ。いつもそうじゃない」

ウチの悲劇は決まって他人の喜劇と化してしまいます。なぜなんでしょうね。

あるとき、高校生になってからのことですが、教室で数人の友達と先生と談笑している折、なにかの拍子に、

「本当に父は横暴なんです。もしかして私のことを心底、憎んでいるんじゃないかと思うときがあるくらい。私、本当はあの家の子供じゃないんじゃないかと思ってるんです」

そんな話をしたところ、その場にいらした地理の女性の先生が、カッカッカと高らかに笑い出したと思ったら、

「そんなことはないわよ！」

きっぱり否定されました。

「だってあなた、お父さんにそっくりだもの」

ガイーン。その言葉は衝撃的でした。え、私って、あの父にそっくりなの？　似ているところがないわけではないと思ってはいたけれど、「そっくり」と言われるのは心外だ。でもどうやら私が父に酷似していることを、担任でもない先生や周辺の友達にはお見通しだったらしい。そうとわかった瞬間に、私は悟りました。私と父の闘いは逃れられない運命と思うしかないと。

母や兄にもよく言われました。これだけ小さい頃から父の逆鱗に触れる経験を積み重ねてきたのだから、少しは要領よく立ち回る術を持っているだろうにと。たしかにそうなのです。あ、そろそろ父の機嫌が悪くなってきたと察知したら、そこでスルッと身をかわすとか、静かに父の言い分を受け入れるとか、そういう態度を取ればいいのに、幸か不幸か父の性格にそっくりな私は、口には出さず心で思っているだけなのに顔に本心が表れてし

まう。

「はい、わかりました」

そう答えても、顔が不満でいっぱい。

あるとき、父が、

「おい、酒の肴にしたいから、ハムサンドを作ってくれ」

夕食の前菜に、父はときどきサンドイッチを要求します。食パンを薄く切り、トースターでこんがり焼いて、そこへバターをたっぷりと少々の芥子《からし》、ハムと薄切りキュウリ、塩と胡椒をパラパラパラパラ。その上にもう一枚の薄切りこんがりトーストを重ね、耳を落として食卓に出す。

「はい、わかりました」

返事をして父に背中を向け、パンを切り始めたのですが、そのとき私は心の中で「ああ、めんどくさいなあ」と、たしかに思っておりました。その気持が「フウ……」というため息に凝縮されたのです。自分でもさして意識はしていなかったのですが、勘のいい父には聞こえてしまったようです。

「なんだ、今のため息は……」

父の低くて恐ろしい声が背中に響き、それから大波乱。ため息一つで、「出ていけー」事件に発展した、大学時代の思い出です。

「でもこれだけ厳しいお父さんのもとに育って、お父さんとの衝突の経験を積んでいたら、アガワはどこへお嫁に行っても生きていけるだろうね」

友達がよくそう言って慰めてくれました。そうだな、私もそう思う。今は人生の修業期間と納得するしかない。こんなに怒鳴られる家の中でなんとか生き抜いてきたんだもの。きっと私は強くなっているはず。

でもそれは、単なる思い上がりでした。私はちっとも強くなかったのです。その後、私は優しい殿方を求めて何千里。幾多のお見合いに励めども励めども、なかなか寿家出を実現することができぬまま、はたして自分が強いかどうかを立証する機会もなく悶々としていたところ、気づいたらテレビの仕事に恵まれたという話はすでに書いた通り。でも、仕事を始めたら、父とよく似た「すぐ怒り出す」ボスに出会い、またもや新たな「怒声」との闘いが始まったのです。「怒鳴られる」のには慣れているはずの私は、仕事場で叱られてビイビイ泣き、ウチへ帰ってオドオドし、内外ともに襲ってくる恐怖のダブルパンチを受けるにつれ、自分がいかに脆弱な人間であるかを思い知りました。

その4「一人暮らし」奇襲作戦に成功せり

それでも仕事に恵まれたおかげで経済的な自立は少しずつ実現していきました。こう言ってはナンですが、私はけっこう貯蓄派です。降って湧いたようなこの仕事が長続きするとはとうてい思えなかったので、稼げるうちに貯めておこうと思いました。本来なら財力のある殿方のところへ嫁に行き、そのとき晴れて経済的にも物理的にも親元を離れることになるだろうと長年信じていたのですが、いくらお見合いをしてもその夢が叶わない。と思っていたところへ仕事の話が舞い込んだのです。このチャンスを逃したら、経済的自立の道は一生ないかもしれない。生涯、親元を出ることができなかったら、それは人間としてまずいであろうという恐怖にかられ、満を持して一人暮らしを決意します。とはいえ、親元を離れたはいいけれど、まもなく仕事をクビになり、無一文になって再び親に厄介になるなんて、そんな格好の悪いことはできません。だからこそ一人暮らしを始めたとたん、私はそれまで以上にケチになったのです。

電気はすぐ消す。暖房冷房はできるだけつけない。家電製品は最小限にとどめ、ご飯は文化鍋で炊きました。食器類はそれまで山のように出席して貯めておいた友達の結婚披露宴の引き出物ばかり。麻婆豆腐は花柄の平たいケーキ皿に載せて、日本茶は愛らしいコーヒーカップで飲みました。ベッドは友達のお古。冷蔵庫は祖母の形見。幸い窓が曇りガラスだったので、外から丸見えになることはなかろうと、一年近くカーテンをつけずに過ごしました。カーテンって、けっこうな出費になりますからね。着替えるときは窓から離れ、お風呂場の前ですませればなんとかなります。

唯一、食卓だけは、以前から目をつけていた小さな手作り木工家具屋へ行って、畳一枚ほどの大きさのバタフライテーブルを購入しました。たしか四万八千円。当時の私にとっては思い切った買い物でした。そのテーブルで簡素な食事をし、原稿を書き、お茶を飲みました。粗末な一人暮らしではありましたが、それでも私の心は解放感に満ち溢れていました。これでようやく門限ともバイバイ。休日に寝坊しても、部屋の電気をつけっぱなしにして寝てしまっても、電気代は嵩《かさ》むけれど、父に怒鳴り込まれることはない。長電話をしながらびくびくする必要もないのです。ただし、すべての責任は自分に返ってくる。

かつて親の家に住んでいたとき、よく父の急襲に遭いました。

「また電気をつけっぱなしにして。あれだけ言ってもわからんのか！」

父が麻雀に出かけ、深夜に帰ってくる日にかぎって私は電気をつけたまま机に伏していることがよくありました。

「誰のおかげでぬくぬくとしていられると思ってるんだ。誰が電気代を払っていると思ってる」

休みの日の朝、自分の部屋でぐずぐず寝ていたら、ドスンドスンという階段を上がってくる足音が夢のかなたから近づいてくるなと思った次の瞬間、

「いつまで寝てるつもりだ。さっさと起きて母さんの手伝いをしろ！」

私の部屋の扉を勢いよく開けて、父が入ってきました。その直後、「ぼこ！」と大きな音がしました。ん？　と思って見てみると、扉に大きな穴が空いている。ちょうど扉のうしろに鉄製のピアノ椅子があり、猛烈な力で開け放たれた扉がその椅子に激突して大きな穴が空いたのです。その穴は、「娘の寝坊の証拠」として今でも残されているはずです。

恐怖はいつも突然、襲いかかってきます。でも一人暮らしを始めたら、その恐怖からはとりあえず距離を置くことができました。ああ、なんという天国。

ところが不思議なことに、父の怒声から離れたら、なぜか夜遊びにさほどの興味がなくなりました。まあ、あの頃は深夜の生番組に出ていたので、仕事から帰ってくるのが夜中

の二時、三時。それからまた外へ飲みに出かけようなどという気力はもとより湧きませんでしたが。それにしてもたとえば仕事仲間や友達と仕事の休みの日に会って夕食をともにし、そのあと「もう一軒寄っていく?」とか「カラオケ行こう!」などと誘われても、親元にいる頃は、「駄目なの。ウチ、親がうるさいからもう帰らなくちゃ」と未練を残して一人、先に別れることが圧倒的に多かったのに、「もはや門限のない身の上」になってみると、「早くアパートに帰りたい」気持のほうが強くなっている。不思議なものです。我ながら驚きました。

パブロフの犬ではないけれど、長い年月、ずっと「早く家に帰ってこい」と言われ続けているうちに、夜が深くなってくると条件反射的に「帰らなきゃ」という恐怖の気持が湧いてくるのでしょうか。叱られているうちはあれだけ抵抗したかったのに、叱る権限が自分に移譲されたとたん、おのずと自制心が働くようになったのかもしれません。

「なんだ、結婚か」

私が「一人暮らしをしたい」と言い出したとき、父は意外な反応を示しました。私の予想ではなんのかのと反対されるだろうと思っておりました。そこで作戦を立てました。まず、理解のある母に先に話して許可を取ろうとしたら、却って父は機嫌を損ねるであろう。そこで、これは勇気のいる決断ではありましたが、まず家族の誰より先に父に話そうと決めました。

その頃、深夜の仕事が終わって横浜の家に戻るのはだいたい夜中の二時か三時になりました。父は若い頃から睡眠を一日二回に分けていたので……すなわち、晩ご飯を食べ終わってすぐに寝る。三、四時間後、そろそろ家族が寝床に就こうと思う夜中の十二時から一時頃に起き出して、それから朝まで原稿を書いたり本を読んだりぐだぐだしたりして過ごす。夜が明けて、家族がごそごそ起き出す気配を感じると、「おい、腹が減った。早く飯にしてくれ」と母を起こして朝食を用意させ、家族が活動を始める様子を横目に朝ご飯を食べて、それから自分のベッドへ潜り込む。そのあと昼過ぎまで寝て、外出したり原稿を書いたり、そして夕食の時間を迎えるという、言ってみれば、食べては寝、食べては寝、の繰り返しです。

つまり、私が仕事から帰ってくる夜中の時間に家で起きているのは父一人というわけです。

「ただいま」

「おお、帰ってきたか」

「はい。えーと、お茶でも淹れますか」

「いいね。淹れてくれるのか」

ゴソゴソゴソ。

「あの、ちょっと話があるのですが……」

お茶碗を手に、勇気を振り絞ります。

「なんだ、結婚か」

なんでそう話が飛ぶかな。女はすぐに論理の飛躍をするから困ると言う父こそ、論理の飛躍が甚だしいと思うのですが、

「まさか。実は、手頃なアパートを見つけてね」

父に相談する以前に、実は不動産屋巡りをして新築の物件に目星をつけておいたのです。

「じゃ、同棲か」

回転が速くてついていけません。

「違いますよ。今の深夜の仕事でこの横浜の家から行き来するのは大変だし、昼間に別の仕事があったときなんかも中途半端に時間が空いちゃって、都内で時間つぶしをするのも

体力的につらいので……」

とかなんとか、我が主張というか言い訳というかを述べ連ねるうち、父は黙って書斎に戻ってしまいました。あら、どうなっちゃったのかな。怒っちゃったのかね？　しかたなくお茶碗を片付け始めていたところ、再び父が居間に現れた。と思ったら、

「まあ、三十超えた娘に親がとやかくいう話でもないだろう。好きにしなさい」

へ？　マジ？　珍しく穏やかな口調で、なんと私の言うことを認めてくれたのです。奇跡かと思いました。作戦は成功です。当たってくだけろ。直接、話したことが功を奏したようでした。

しかし油断は禁物です。その夜はたしかに穏やかな気持で娘の一人暮らしを許可したとはいえ、時間が経つにつれ、気持が変わっていく危険性はおおいにあります。

「やっぱりよくよく考えたが、一人暮らしはよろしくない！」

そう言い出したらおしまいです。私は父の気が変わらぬうちに、一刻も早く引っ越しを済ませようと思いました。焦りました。なにしろ最初に決めかけていたアパートの契約に支障が生じて、改めてアパート探しをするという面倒な事態になったのです。が、そのあたりの話は長くなるので端折《はしょ》ることにして、とにかくなんとか平和裏に都内のアパートへ

引っ越すことができました。

そして数ヶ月後。

家族で久しぶりに外食をしたときのことです。

「お姉ちゃんのアパート、見てみたいよ。今からみんなで見に行こうよ」

弟が余計なことを発案し、急遽、父と母、兄と弟を引き連れて、私の新居をお披露目する運びとなりました。父はすでにほろ酔い加減です。それでも渋い顔を保ち、私のアパートの玄関前に到着するなり、

「ふん、エレベーターもないのか。ずいぶん薄汚いアパートだな」

ぶつくさ言いながら、三階の私の部屋まで階段を上がり、扉を開けて室内へ上がり込むと、母や兄弟が、

「あら、台所と居間が一緒なの？　お風呂は？　こっち？」

「あ、この冷蔵庫、おばあちゃんの家にあったヤツでしょ」

あれこれ点検して回るのを尻目にまっすぐ私の寝室のベッドへ仰向けに倒れ込み、

「なんだ、男の背広でもかかっているかと思ったがね」

ひと言、イヤミを吐き捨てて、ブッと巨大なおならをすると、

「さ、そろそろ帰ろう。こんなとこに長くいてもしょうがない」

とっとと玄関へ向かいます。あとを母が追い、「えー、お茶ぐらい飲んで帰りたかったけどなあ」とほざく弟を兄が追い立てて、正味滞在時間はたったの五分。束の間の嵐は過ぎていきました。つまり父は、マーキングに来たのか。

その夜を機にようやく父は、娘の一人暮らしを名実ともに承認したようです。

その5「子供に人権はない」宣言

こうして親からの経済的自立を果たしてみて、私ははっきりと自覚しました。経済的な自立を成したところで精神的自立ができたとは言えない。でも、経済的自立をしないかぎり、精神的自立は始まらない。

自分が稼いだお金で無駄遣いをしようが高い買い物をしようが、他人様に甚大な迷惑をかけないかぎり、それは本人の自由でしょう。しかし、親や他人の財布に頼って利を得ている間は、それなりの礼節を必要とします。私が三十にして立つ以前、父は二言目には、この台詞を突きつけました。

「誰のおかげでこんなあったかい家に住めると思ってるんだ」

「誰のおかげでこんな旨いものが食えると思ってるんだ」

そう言われるたび、母と私は、

「はい。お父ちゃんのおかげ。お父ちゃんのおかげです」

戦時中の「兵隊さんのおかげ」をもじって頭を下げたものです。

あるとき、その件を笑い話として友達にしたところ、

「お宅のお父さんの言ってることおかしいよ。親は子供を養う義務があるんだから。頼んで産んでもらったわけじゃないんだし、養うのが当たり前でしょって、お父さんに言いなさい」

そんなこと、我が家で言えるわけないでしょうが。そりゃ無理だ。でも、父が怖いという理由以前に、私は長年の刷り込みのせいもあり、友達の意見に全面的には同意できませんでした。真っ当なことを言うようで少々こそばゆいですが、金額のいかんに関わりなく、子供を養うにはお金がかかる。養育の義務があるとはいえ、親にそれだけの負担をかけている以上、子供が子供なりの礼を尽くすのは当然ではないかというのが、基本的な私の考えです。

でも、だからといって厳しい父の言葉に喜んで従っていたわけではありません。それは辛かったですよ。父はよく「子供に人権はないと思え」と言いました。そりゃ、いくらなんでもひどすぎる。子供は奴隷じゃないんだから。人権蹂躙も甚だしいと、法律に強い兄を盾にして民主化運動を起こそうかと思ったこともありましたが、雇用者である父の理屈には敵いません。

「たとえば子供が車の運転をして事故を起こしたとする。そのとき誰が賠償金を払うと思ってるんだ。親だろう。親に賠償責任があるかぎり、子供が勝手に車を乗り回したり友達を乗せたり、友達の車に乗ってチャラチャラ、ドライブするなどということは断固として許さない」

なるほどと、つい納得してしまう。しかたあるまい。そこで私は友達の車にチャラチャラ乗ってドライブをしたとき、家の前まで送ってもらうなどといった不埒なことは決してしませんでした。家が見えない手前の角で「あ、ここで降ろして」と告げて車を降り、そこからは、いかにも電車で帰ってきたかのような振りをして歩いて帰るのが常でした。

電話問題もしかり。父はよく、

「普通の家庭と事情が違うんだ。ウチの電話は家庭用と仕事場用とを兼ねている。いつ仕事の電話がかかってくるかわからないのに、子供がくだらない長話をすることは許さない」

なるほどと、納得します。でも友達と電話で話したい。父は承服しかねる。とうとう父は電話の横に三分砂時計を置きました。それでもつい三分を超えることがある。とうとう父は激怒して、一切の子供の電話を禁止しました。そこで私たち兄弟は、十円玉をいっぱいポケットに入れて家の近くの公衆電話まで行かなければならなくなりました。

いちいち公衆電話にかけに行くのに疲れた頃、兄が父に和解を申し出ました。

「アメリカとソ連の関係も、今や話し合いの時代へ入っています。この際、この電話問題も話し合いで解決する余地があると思いますが」

そののち兄は国際政治を学んで弁護士になりました。思えばあの頃から交渉ごとに長けていたのかもしれません。

「よし、どういう条件だ」父も案外、素直に乗ってきて、

「二階に一本、新たな電話を引きたいのですが。費用も電話料金もすべて子供たちだけで賄います。そのかわり、二階の電話に関してお父ちゃんは文句を言わないでいただきたい。どうでしょう」

みごと交渉は成立。こうして私たち兄妹は、電話料金を捻出するために、積極的なアルバイト活動を開始しました。

ことほどさように、我が家ではなにもかもに枷をはめられました。それは間違いなく窮屈で、ときに理不尽で、ときに家出をしたいと思うほど苦しいことでした。でも結局、父に養われているうちは、父の法律に従わざるを得ない。反論にも限度がある。なにもかも

が自由にはならない。なぜなら、父が私たち子供のために経済的負担をしているからです。

「女郎屋に行こうが野たれ死のうが、知ったことか」


ＴＶタックルでご一緒しているビートたけしさんがときどきおっしゃいます。

「俺はね、学校の校則ってのは、あったほうがいいと思ってんの。校則があると生徒はいかにその校則をすり抜けてワルができるかって知恵を働かせるじゃない。ナイフを校内に持ち込んではいけないって言われてるのに、『ほら、俺、持ってるぜ。先生には見つからないように持ってきた』というヤツがいたら、みんな、尊敬するんだよ。へえ、どうやって持ち込んだんだって。でも最初から校則がなかったら、禁止もされていないナイフを出しても誰も驚きゃしないでしょ。そうなったら、誰かを刺すぐらいしなきゃ、英雄にはなれなくなっちゃうだろ？　だから、厳しい校則があったほうが、結局、生きる知恵を働かせるようになるんだよ」

その話を聞きながら、たしかに私たち兄弟は、父の目をどうやって盗んでどうやって自由を勝ち取るかを毎日毎晩、模索していたものだと思いました。

「俺の言うことは理不尽かもしれない。が、俺が養っているうちは俺の言うことに従え。

それが嫌なら出ていけ。義務教育期間は月に五万（だったかな？）は負担してやる。が、それ以降は金銭的援助もしない。あとは女郎屋に行こうが野たれ死のうが、俺の知ったことか」

これも父の口癖でした。私は女郎屋がどういうところかも知らないうちから、その言葉を叩き込まれました。

私の子供の頃からの夢は、いつか父の経済的援助から抜け出して、自由になるということでした。とはいえ、これもすでに書きましたが、自らが社会に出て働く能力はないと見切りをつけていたので、父のような癇癪持ちではない優しい亭主を見つけて、そこに経済的依存をして生きていく。そのかわり、家事育児などの労働は喜んで負担する。というのが私の理想の父からの独立宣言だったのです。

残念ながら、思い描いていた通りの夢の実現とはいきませんでしたが、一人暮らしをスタートさせたとき、ようやく自由を手に入れたと思いました。その喜びはすなわち、苦しかった原稿の仕事を仕上げてゴルフに行く日の朝のような、大変だった試験を終えてベッドに倒れ込む瞬間のような、えも言われぬ安堵感です。苦しかったぶん、喜びもひとしお。

「いやいや、そんなに苦しいことは経験したくないですよ。ずっと自由なほうがいい」

そういう人もいるでしょう。現に、「ウチは子供の頃から放任主義。子供がやりたいということはだいたいやらせてくれました」と豪語する人がいたり、「ウチの親は子供を怒鳴ったり手を挙げたりしたことはありません」という人がいたりすると、私は悔しさのあまり、それじゃロクな人間にはならないぞ、なんてひそかに思うのですが、ではその人がわがままかと言えば、そうでもなく、立派な分別のある大人であることも多々ある。

逆に私は、あまりにも親の機嫌を窺って、決断判断をことごとく親に依存して生きてきたぶん、何事にも自信がない人間になっちゃった。それはこの歳になってなお、その性癖が残っていると自分でも感じます。もし私が子供を産んで育てる機会があったとしたら、父のように頭ごなしに叱りつけず、子供の意見に耳を傾けて、母親の私のような自信のない子にならないよう育てたかったと思います。が、それすら叶わぬ夢にはなりましたが。

ただ一方で、自信のない欠陥人間にはなったものの、私自身に関して言えば、怖い親の元に育ってよかったのかもしれないとも思っています。だって本質的には父にそっくりな性格なんですから。これで心優しい父親に育てられ、「サワコのすることはいつも素晴らしい。サワコは何が欲しい？　よしよし何でも買ってやるぞ」なんて耳元で囁かれてごらんなさい。どうしようもなくダメな女になっていたと思います。

父の恐怖の後遺症は、還暦を過ぎた今でも抜け切っておりません。もはや私はとうの昔に父の経済的負担からは卒業し、九十三歳になる父は先年、足を骨折してほとんど寝たきりに近い状態にもかかわらず、いまだに父から電話がかかると、ビクッとします。「なにか叱られるんじゃないかしら」と、ドキドキしながら電話を取るのです。理由として考えられることは、さまざまです。

「お前の書いた本を読んだが、ところどころ日本語の使い方が間違っている」

「珍しくテレビを見ていたらお前が出てきたが、ああいういい加減な言葉を使うのは感心しないね」

「この間、持ってきてくれた総菜はいかにもまずかった」

「頼んでおいたのに、まだ○○さんに連絡をしてないのか。困るね」

「お前が作ったタケノコご飯、ありがたかったが、味が薄すぎる」

昔のように怒鳴ることはなくなりましたが、文句の数は減りません。誉めてくれることがないわけではないですが、否定的な言葉はもれなくついてきます。

「ありがとう、ありがとう。しかし、お前はいつも、おかずをたくさん持って来すぎる」

こんな調子です。

その6「志賀先生がお読みになると思え」の訓示

「聞き流せばいいじゃないの」

　誰もが私にそうアドバイスしてくれます。でも私は昔から、それができればどんなに楽だろうかと思いつつも、できませんでした。これを人は「ファザコン」と呼ぶそうです。お父さんのことが大好きで大好きでたまらないという種類のファザコンとは少し違います。お父さんの言うことがいちいち気になって、「苦になる」タチのファザコンだと思います。お父さんに誉められたいという欲求不満に満ちたファザコンです。

　これぞ最前申し上げた通り、経済的自立を確保してもなお、精神的自立の道は険しいと思うゆえんです。でも、このいびつな関係にも、よくよく考えてみると、悪くない側面があると思われます。

　以前、私が文章を書き始めた頃に、父に注意されたことがありました。

「いいか。常に志賀先生がお読みになるかもしれないと思って書きなさい」

　志賀先生とは、父の師である志賀直哉のことです。その言葉を言われたとき、すでに志賀先生はお亡くなりになったあとでした。それでも父は、「志賀先生の目に留まると思って書け」と言ったのです。それはつまり、ちょっと書けるようになると、読者を下に見るときがくる。その態度は文章に現れる。しかし、書くときに「もしかしてこの文章を自分の尊敬する方がお読みになったら、どう思われるだろう」と意識すると、おのずと書き方が変わってくる。それは卑屈になるということでも、ひたすら謙《へりくだ》れということでもない。表現の仕方が違うのだ。だから常に上を見て書きなさい。そう言われて気づきました。父にとって「怖い存在」は志賀先生なんだと。

私自身は実のところ、志賀先生がご存命の頃に文章を書き始めてはいなかったので、直接、注意される機会はありませんでしたが、書くことにおいて、やはり「怖い存在」は、父を筆頭として、本書の電話の話に登場した鬼の編集長、大久保房男さん、小泉信三氏の次女でいらっしゃる小泉妙さんなど、何人かいらっしゃいます。若い女性を対象とした雑誌のエッセイを書くときも、つい読者が自分よりはるかに若いと思って気を抜きがちですが、ときどきハッとするのです。もしかして、これが父の目に留まったら、また叱られるだろうなと。

人は歳を重ねるにつれ、叱ってくれる年長の人間を一人ずつ失っていきます。そしていつか、誰も自分を叱ってくれなくなるときが来る。その瞬間を迎えることを私は怖れます。本来のわがままな性格が野方図に現れて抑えが利かなくなり、なんだ、いい人だと思っていたのに、こんな嫌なヤツだったかと周囲に幻滅の目を向けられる。そうなりたくないと思います。

人間には、そういうことを怖れるがために、宗教心というものが存在するのではないでしょうか。どの宗教という意味ではありません。しいて言えば私は八百万《やおよろず》の神様方面の信仰が好きです。娘時代にミッションスクールに通っていたおかげで、キリスト教の教えの影響も混ざっているようです。でも、人によって何でもいい。

「お天道様が見ているよ。ずるいことしちゃダメだよ」

「ご先祖様に笑われるよ。そんないい加減な仕事して」

幼い頃、広島の伯母によく言われたのは、

「そんなわがまま言ったら、トンビにさらわれますよ」

私は上空高く旋回するトンビが怖くてしかたなかったのを思い出します。自分には怖れるものがある。そのことが、なんとか自らを抑制してくれると思うのです。父に叱られるのは煩わしいことだし、言い返したい理屈もこちらにはあります。でも、「怖くて煩わしい」存在がいるからこそ、私はどうにかこうにか人に信頼されたり仕事を継続できたり、ずるいことやいい加減なことをしそうになったときに自制心が働くのではないかとも思うのです。

「お、やばい。父に見つかったら何を言われるかわからないぞ」

先刻書いた通り、もはや私よりよほど体力気力も衰えた父から電話がかかってくるたびに私はドキッとします。

「なにか叱られることをしたかしら」

「しろと言われて忘れていたことがあったかしら」

「この間、掲載された原稿の日本語の使い方の間違いについてかも」

経済的自立を成してすでに三十年の月日が経ったのに、まだ私は父が怖いのか。そう思うと情けないようで、しかしこのビクビクがあるからこそ、「図に乗ってはいかん」と自らに言い聞かせることができる。だから、経済的自立をして、同時に精神的自立ができると思ったら、大間違いなのですよ。少なくとも私の場合はね。

その7「対処法」を会得?

先日、「これをお父さんに差し上げて」と、作り立てのバッテラをいただきました。お父さんに差し上げてと言われても、今は一緒に暮らしているわけではありません。しかも私には出かける仕事の予定がありました。父に届ける時間がない。だからといってその方がわざわざ父のために作ってくださったのです。娘が勝手に食べてしまうわけにもいきません。困ったぞ。日持ちもしないだろうし。思案した末に、翌朝早く、父の元へ車を走らせました。

「バッテラをいただいたから、持ってきたの」

そう言って、包みを開け、父に見せるや、

「そんなにたくさん持って来られても食べきれないよ。たくさんあると思うと、それだけで胃が重くなる」

またもや否定的な反応です。

「でも、おいしいですよ。じゃ、三切れだけ、置いていきますね」

「三切れもいらん。二切れでじゅうぶんだ。お前が食べなさい」

さも迷惑と言わんばかりの様子に、しかたなく私がその場で一切れ口に放り込み、「あー、おいしい！」と声に出したあと、二切れだけをラップに包んで父の元に置いて帰りました。

家に着き、やれやれと思っていたところに父から電話です。

「今度は何を叱られるのかしら」

恐る恐る電話に出ると、

「あのバッテラ……」

「はい、どうしましたか」

「こよなくうまかった……」

今にも泣き出しそうな声です。父は昔から食事をすると「死ぬほどまずい」か「泣きたくなるほどうまい」と言う癖があります。

だから言ったでしょ。そう言いたいところを押し殺し、

「なんだ、もう少し置いていけばよかった。すみません。また今度、別のバッテラを買っていきますよ」

優しく語りかける娘は六十年の歳月を経て、ようやく「怖い存在」への余裕ある対処法を少しだけ身につけた気がします。

Ⅲ 叱られる力とは？

「別れ話」の乗り越え方

ある銀行で泊まり込みの新人研修の講師を務めた人に聞いた話です。彼女は研修生を五、六人ごとのチームに分けて、二時間ほどグループディスカッションするよう指示を出したそうです。その間、講師は席を外しました。しばらくして様子を見に戻ってきたところ、教室に誰もいない。

「どこへ消えちゃったの？」

休み時間を与えた覚えはありません。どこへ行ったのかと思って探したら、なんと全員が各自の宿泊部屋に戻って、ラインを使ってディスカッションをしていたというのです。

「彼らにしてみれば、面と向かうとざっくばらんに話せないらしいのよ」

それは特殊なケースだろうと思っていたのですが、どうやらそうでもないようです。これも実際に経験した人に聞いた話ですが、経産省、防衛省、外務省などのキャリア官僚の研修の場でも、同じような現象が起こったといいます。そのときは、全員を一所に集めておくと、どうしても各省ごとに固まってしまうため、あえて違う省の人間が混ざり合うようなグループを組んでディスカッションをさせた。すると、やはり各自の部屋からラインで議論をしたというのです。

　これはどういう傾向なのでしょう。顔を見て、人前で意見を発するのが怖いのか。その研修に立ち会った講師いわく、

「こいつ、何を変なこと言ってるんだろうってバカにされるのが耐えられなかったり、自分の意見を否定されると、人格そのものを否定された気持になって立ち直れなかったりするからだって言うんだけど……」

　その点、ラインなら、声にも表情にも気を遣わずに、活字として意見を述べられるので冷静になれる。しかも他のメンバーの意見の流れを見て様子を探りながら言葉を挟むことができる。しばらく黙っていても、「アイツ、何も発言してないぞ」と批判的な視線を受けずにすむ、ということらしい。メールやブログやラインでは、ときにまったく見ず知らずの人とも会話をするのに、いや、だからこそなのか、面と向かって意見をぶつけ合うのはどうやら苦手らしいのです。

　それにしても本当に、今、ネットを駆使している世代の人々は、驚くほど見知らぬ他人と会話を交わしているようです。何かを調べるためにインターネットを検索していると、

出てくる出てくる。

「ニャンコちゃんより。あじさいについての質問です。二つ種類があるようですが、どう違うのですか」

するとその下に、ベストアンサーが掲載されていて、

「花博士より。それはですね……」

なんて調子。たしかに知らないことをどこの誰に聞けばいいかと迷う時代は終わりました。ネットに載せれば、まもなく誰かが応えてくれる。このシステムはまことによくできていると思います。そのやりとりが、まさに友達同士の会話のように数往復するときもあるようで、礼儀正しいお礼の言葉も入っていたりして、むしろ私なんかよりよほど、知らない同士の会話に長けていると感心します。情報を知りたいときだけでなく、ことと次第によっては、

「今日の私の朝ご飯。いちごを添えたパンケーキ作りました」

写真とともにコメントあり（これをツイッターというのかしら？）。すると、続けて、

「おいしそう！　私も明日、挑戦してみます！」

これが友達同士ではない。友達になりたいと思っている相手でもない。見ず知らずの人

と共感し合っているのです。そのために写真とコメントを載せる。そこに反応が少ないと、がっかり。フォロワーの数によって一喜一憂するというのですから、私にはその気持がさっぱりわからんのです。

こういうやりとりが気楽な理由の一つは、おそらく本名を明かさずにすむという点にありそうです。本当の住所や名前を書かずにニックネームで会話ができれば、もし問題が起きても、自宅に来て責められることもなければ殴られる心配もない。気に入らなければその画面と関わらなければいい。簡単にスイッチをオフにすることもできる。だから別れ際にもめることもないのでしょう。

「わかったから、泣くなよ」

男女の関係にかぎらず、昔は出会うも別れるも、けっこう手間が要りました。出会うための手間にはまだ、不安の隙間にウキウキ気分が混ざるので、さほど深刻にならずに乗り越えられるでしょうけれど、別れるときは至難の業です。ある日突然、

「実は、もう君とは別れたいんだ」

そう言われるときのショックは並大抵のことではないけれど、でも本人の口から直接、

会って言われれば、最低限の誠意を感じる。さらに、その場で「どうして？」とか「私のどこが気に入らないの？」とか、いろいろ質問する余地も残っている。あわよくば、離別宣言を撤回させることができるかもしれない。そういう最後のあがきをもってしても、どうにもならないとわかったとき、少なくとも女は泣き、自宅に戻り、食欲を失い、寝て、泣いて、誰かに慰められ、そうこうしているうちに、よく考えてみればたいした男じゃなかったねと、そう思えるようになったとき、元気は回復しているものです。

逆に自分のほうが「別れたい」と思っているときは、さらなる至難が待ち受けております。以前からすでにギクシャクしていると互いに認識していれば少し楽ですが、相手が自分に対してノリノリの場合は、ショックの度合いがどれほどになるか、計り知れません。さて、どういうタイミングで相手を呼び出そう。どんな言葉で相手に伝えよう。その場で騒いだり怒り出したりしたらどうしよう。まあ、今日はやめておこうか。明日に延ばそう。先に手紙を書こうかしら。あらゆる手法を探って本番に臨みます。手紙を書くにしても、そのあと、きちんと会って本人を目の前にして自分の口からはっきり告げるのが礼儀だと先輩諸氏に叩き込まれてきたのです。その対決シーンを逃げたら卑怯者と言われかねない。飛ぶ鳥あとを濁さず。そこは覚悟を決めざるを得ません。

若い頃、私から「お別れしましょう」宣言をしようと出かけていったことがあります。喫茶店で待ち合わせ。注文したコーヒーも冷めるほど、うつむいたきり、会話はなし。気まずい雰囲気はどんどん深まっていく。なんと言って伝えよう。どういう言葉をかけたら納得してもらえるかしら。優しい人だと思うけど、食べものの趣味が合わないとか、笑い方がどうしても気に入らないとか、そんなことは心で思っていても口には出せない。どうしようどうしよう。考えているうちに、鼻水が垂れてきました。少々、風邪気味だったのです。グスグス鼻水をすすりあげていると、相手の男性が、

「もういいよ。わかったから。泣くなよ」

どうも私が離別を前にして、悲しくて泣いていると思われてしまったのです。いやいや、悲しいんじゃなくて、風邪気味なんですよ。と、そんなことを言ったらますます相手を傷つけそうな気がして、言い出せなくなりました。しかたなく、そのままご期待に応えるかたちでズルズルを続けました。おかげで私は決定的な台詞を言わずにすみました。それどころか、逆に慰められてしまったのです。

「ごめんなさい」

「謝ることはないさ。縁がなかっただけだよ」

なーんていい人だったんだろう。こんなに男らしい人だとは。そうとわかったからといってよりを戻すわけにもいかなかったので、そのまま明るく別れましたけれど、あのときは楽をしました。女はずるいですね。ずるいのは、私か。

かくのごとく、まことに面倒な作業です、別れるというのは。でも、そういう面倒を経験してもなお、また出会いたいと思うから、新たな面倒を背負い込むことになる。

「あーあ、また繰り返しているよ」

喫茶店。気まずい空気。コーヒー冷める。その三点が揃うたび、心の中で呟いたものです。って、そんなに男女の別れの経験が豊富なわけではないですよ。仕事の別れの場面も含めてです。

あるときエッセイを連載していた雑誌の編集長に呼び出されました。

「ちょっとお話があるんで、お会いしたいんですが」

その電話をもらった時点でピンと来たのです。そこで、待ち合わせの場所に赴いて、

「ああ、どうも」

先に到着していた編集長が手を挙げて迎えてくださった直後、

「もしかして、クビですか？」

私から率先して言い出したところ、

「なんでわかったの？」

なんとも嬉しそうな、笑い出すのを必死でこらえようとする口元でおっしゃったのです。

「そりゃわかりますよ。編集長に話があるって言われれば、だいたいそういうことだろうと思うもの」

「勘がいいねえ」

そんなところで誉められても困るんです。内心は深く傷ついているんだから。「もしかして、クビ？」とカマをかけてみたら、「そんなこと、あるわけないじゃないか」と、きっぱり否定してくれるかもしれない。低い確率ではありましたが、少しは期待していたのです。あのときは、私が「別れ話」の幇助《ほうじょ》をしたことになります。感謝してるかな、編集長。

「最悪経験」を尺度にする

誰もがこういう面倒な場面をたくさん経験すべきだとは言いません。私だってできれば面倒はご免被りたい。でも、生きていればいやでも襲ってくるでしょう。インベーダーゲームの敵のように（古すぎるか）。幼い頃や新人時代は、親や周りの人間に助けてもらいながら対処できるでしょうけれど、そのうち必ず、一人で向き合わなければならない日が訪れる。そのときの対処方法はどうやって見出すか。それは、経験が強みとなるにちがいない。経験を繰り返すうちに乗り越え方を学び、最悪の事態を回避できるようになる。そして、「あんな経験をしてもなんとかなっているんだから、たいがいのことはなんとかなるだろう」という、「最悪経験」を尺度にした楽観予測をつけられるようになります。それがささやかな自信となり、落ち着きを身につけて、はたして慌てず騒がずつねに冷静なカッコいい大人に成長していくのではないでしょうか。ぜんぜんなってないけれどね、私は。

「戦争の頃を思えば、どうということはない」

「俺が君の年頃には、ろくに食うもんがなかったからねえ」

私の親の世代の戦争体験者はことあるごとにそう言って、戦後生まれの我々若者の贅沢や能天気に眉をひそめました。そんなことを言われても、平和な時代に生まれちゃったんだもん、しょうがないじゃないと、心の中では言い返していましたが、しかし指摘されていることは真実です。そんな地獄の時代を生き抜いてきた父母や祖父母には敵わないとも思います。常にあの時代と比べ、死と隣り合わせにいた時代よりはるかにましだと思える強さがある。そしてもう二度と、あんな悲しい経験を子孫にはさせたくないと守ってくれた暁に、平和は維持されて、著しい経済成長を成し遂げました。

もはや「贅沢は敵だ」も「もったいない」も「我に七難八苦を与えたまえ」も死語に近く、誰も本気で口走ることはなくなりました。私は元来、ケチだから「もったいない」はしょっちゅう言いますし、現に冷蔵庫の中は賞味期限の切れたものだらけ。自分の舌で「こりゃ、腐ってる」と判断すればいいと信じているので、ときどきお腹を壊したりもしますが、まあ、問題ない。賞味期限を気にし過ぎてボンボン捨てるほうが罪の意識にかられます。「贅沢は敵だ」は親の教育のおかげか、かろうじて身に染み込んでいますけれど、ときどき「贅沢はステキだ」と思うこともある。でも決して「我に七難八苦を与えたまえ」なんて、戦国時代の武将じゃあるまいし、そんなことを月に向かってお祈りすることはありません。私にとって辛いときの慰めの言葉といえば、「明けない夜はない」です。

でもきっと、昔の人だって本気で「七難八苦をもっともっと！」と望んでいたわけではないと思うのです。望んでいなくても襲ってくるからこそ、その艱難辛苦をどう乗り越えようかと考えた末、「辛い経験をしたほうが人間は強くなる！」というモチベーションを見出したのではないでしょうか。実際、辛い経験をした人は確実に強くなりますからね。

でも本心としては、避けられることなら避けたいと思うのが人の常。人生、便利なほうがいいし、楽になびきたいし、面倒はいやだ。その人々の願いが文明や科学の発達とともに実現し、今や、そんなややこしいことを経験しなくてすむためのあらゆるツールが生まれている状況です。知らない人に電話をかけなくてもメールで用件を伝達できるし、苦手なディスカッションも人前に出ないで自分の部屋でできるし、愛の告白すら、わざわざ電話して、電車に乗って、相手を呼び出して、照れくさい台詞を言って、「ごめんなさい」と相手に拒否されて、深く傷つくこともなく済ませられる手立てがある。おかげでかぎりなく面倒を避けられるようになりました。でも大人になり、社会に出れば、まだ相変わらず旧態依然の「面倒な人間関係」が待ち受けているのです。生まれて初めて面と向かって怒られる。あるいは否定される、拒否される。たちまち、どうしていいかわからなくなって、落ち込み度合いが予想以上に大きくなる。そういうマイナスの経験は、できれば若いうちから積み重ねて、慣れていったほうがのちのち楽になると思うのです。

「携帯世代は面と向かって『今日、飲みに行かない？』と友人を誘えないんです。断られるのが怖いから。『今日はダメ』と言われただけで、自分を拒絶されたと感じてしまうらしい。断られるのも断るのも嫌なんですね」

銀行に勤める管理職の女性の言葉です。

新聞社に勤める女性は、部下に取材の手配をするよう指示を出し、しばらくのちに訊ねたそうです。

「どう？　取材、申し込んだ？　まだ返事はないの？」

するとﾞ、言いつけられた部下曰く、

「メールしたんですけどね」

メールの返事が戻ってこないなら、電話をかけてみようという発想はなかなか出てこないらしい。

「『かけなさい！』と言えば電話するんですけど、できれば電話をしないで済ませたいと思う気持が強いみたいなんですよ」

面と向かう。そんなに嫌なのか。

「ご機嫌取り」はおもてなしの心

メールの利点はたしかにあると思います。第一に、相手の時間を奪わずにすむ。夜遅くに電話をするのは失礼だ、あるいは相手が忙しそうなので、今、電話すると邪魔になるのではないかと危惧される、なんてとき、とりあえずメールで用件を伝えておけば、相手は都合のいい時間にそれを読み、返信することができる。しかも郵送する手紙より迅速にやりとりを行える。その利便性は決して否定できません。現に私も便利に使っています。が、メールだけを信じられない気持もあります。迅速ゆえに、なかなか返信がないと却って不安が募ります。はたしてちゃんと届いたかしら。読んだのかしら。もしかしてメールの見られない外国にでも行っているのかしら。早晩いたたまれなくなって、結局、声を聞いたほうが話は早いと思って電話してしまうのです。あるいはややこしいメッセージを伝えなければならないときも、私は断然、メールより電話を使ってしまう。お詫びやお願いごとなどは、メールで書くと微妙な言葉が誤解を生む危険性がありますし、だいいちそういう繊細な言い回しを延々打つのが面倒くさいという物理的理由もあります。さらに、その手の用件は、電話で相手の声を聞きながら、もしくは会って相手の様子を見ながら伝えたほうが、本当はうまくいくことが多いと思うのです。

これは『聞く力』にも書いたことですが、日本語の成り立ちから言って、日本人は意思を伝えるとき、欧米人のように確固たる自分の主張を持って喋るのではなく、目の前の相手の顔色を窺いながら言葉を選ぶ傾向があります。

「いやあ、巨人が勝つと気持がスカッと……」

あたりまで言いかけたとき、相手の顔がにわかにほころんだら、

「しますよねえ」

と締めればいいけれど、もし相手の口元がへの字になったら、すかさず、

「しないですよねえ」

と、直前修正できる。お、この人はアンチ巨人だなとすばやく察知して出方を調整すれば、相手の機嫌を損ねずにすみます。つまり、日本語（以外にも韓国語など）の文法は、文章の最後尾で肯定か否定を決定するように作られています。いっぽう、たとえば英語の場合は、主語の直後に肯定否定を決めなければなりません。自分の意思は先に決定してお

いて、それから目的語を示す順番です。でも日本語の場合は、話の流れや空気を見ながら最後に意思を固めればいい。自分ってもんがないのかというご意見もありましょう。でも私はこういう「ご機嫌取り」喋りを必ずしも悪いこととは思っていません。むしろ自分より相手の心情や立場を慮る、優れた「おもてなし」の心に思われます。

その点からしても、メールでこういう微妙な調整は難しい。

「先日、あなたは会議で私の意見に反論なさいましたが、どこがいけないのですか。教えてください。あのとき伺おうと思って伺いそびれたので、よろしくお願いします」

たとえばそんなメールが届いたら、どうでしょう？　切り口上で、少々感情的な印象を受ける。もしかして「喧嘩売ってるのか？」と思いませんか。ところがこれを面と向かって言われたとします。

「あの、先日、会議のときに私の意見に反論なさいましたけど、どこがいけなかったのでしょうか。あのとき伺えばよかったんですが、時間がなくて伺いそびれちゃって……。教えていただいたりなんか、できるかなーなんて？」

趣旨はメールとほとんど変わりがないけれど、やはり本人を目の前にすると、少々遠慮がちな言い方になる。あるいは曖昧な言葉を加えるなど、無意識に相手の気持や機嫌を計りながら喋ろうとするでしょう。最初から本気で喧嘩しようというなら別ですが、生身の人間を前にすると、日本人は概して言い方に曖昧表現を加えたくなる習性があるように思われます。いわゆるハーフクエスチョンや「とか」「だったりして」「かなーなんて」などの過度な曖昧語尾表現には問題があると思いますけれど、それも日本人の本質に潜む、できれば真っ向から対立したくない、なるべく波風立てたくないという気持の表れにちがいないのです。

これはあくまで私の主観的な見解ですが、メールで用件を伝えたり、意見を述べたりするときは、ニュアンスがずれて受け取られることもあるので、むしろ喋るとき以上に細心の注意を払わないといけないと、いつも思います。

だから絵文字というものが付け加えられるのでしょうね。

「明日はどうして来られないの？」

だけだと、怒っているような印象を与えかねないので、

「明日はどうして来られないの？(>_<。)」

とすると、いかにも残念がっている気持が伝わります。メールの印刷文字だけでは気持の機微まで伝えられないけれど、絵文字でカバーできる。大の大人のメールがなんだかや

けに賑々しい子供染みたことになってきているのは、そういう理由なんだなと、最近、理解できるようになりました。

ゴルフに学ぶ人づきあいのマナー

ゴルフを始めたのは十年前、五十歳の誕生日の一週間後です。子供の頃からスポーツは全般的に好きで、卓球、テニス、スキーなどはひと通りやってきましたが、それらの競技に比べてゴルフはどうも「おじさんの遊び」というイメージが強い。しかもお金がかかりそう。そして走らない。走らないスポーツなんて、スポーツじゃないよねと長らく否定的に思っておりました。ところがあるとき、出演していたテレビ番組の仲間に誘われたのです。

「番組でコンペをやるんですが、アガワさんも行きましょうよ」

そんなことを言われても、やったことないし。お断りしたのですが、何度も熱心に誘ってくださるので、

「じゃ、みなさんがプレーしているのを見学に行きますよ」

「それは、できません」

「え？　だってプロのトーナメントなんかギャラリーがいっぱいいるじゃない？」

「あれは特別です。だから一緒にプレーしましょう」

「でも、何が要るのかもわかりません」

「とりあえず、靴だけ買ってください」

こうしていつのまにやらゴルフショップというところへ連れていかれ、いつのまにやら靴だけでなく、中古のゴルフセット一式を買うはめになりました。

買ったら、元来、私はケチですからして、もとを取るまではなんとか使おうと熱が入ります。それから一週間、ゴルフショップの店長さんにグリップの握り方やクラブの振り方など、最低限の基本を教えていただいて、いざゴルフ場デビューの日が訪れました。というよりその前夜、

「どうやってゴルフ場へ行けばいいんですか?」と訊ねると、

「僕が迎えにいきます」

番組プロデューサーが車で迎えにきてくださるという。

「あら、それは助かるわ」

こうして私は目覚ましをかけ、買った道具や衣類を枕元に並べ、さて寝ようと思ったとき、ふと新品のゴルフ手袋の包装を解いて見てみたら、なんと左の手袋が一枚しか入って

いないではないですか。

「大変！　これ、不良品じゃないの。片方しか入ってない！」

返品しようと思っても、もはや店は閉まっている。明日の朝、店に連絡しようにも早朝過ぎて、それも叶わない。困ったぞ。

そして翌朝、迎えにきてくださったプロデューサーの顔を見るや、

「実は手袋が不良品だったみたいで、片方しか入っていなかったんですけど、どうしましょう」

するとプロデューサー、余裕に満ちた顔で笑うと、

「大丈夫です。さあ、行きましょう」

大丈夫と言われても、大丈夫じゃないでしょうが。

「お店はまだ開いてないでしょうね。ゴルフ場で手袋、買えますかねえ。悔しいなあ。よりによって不良品に当たっちゃうなんて。帰ってきたらお店に文句いってやろっと」

「大丈夫ですよ」

相変わらずプロデューサーはニコニコ。私はブツブツ。疑心暗鬼のままゴルフ場に到着し、そしてようやく、なぜ大丈夫なのかがわかりました。どの人も片方にしか手袋をはめ

ていない。みんな、不良品だったのね。

「何百打、打ってもかまわないよ。ただし……」

大丈夫でなかったのは、当然のことながらプレーのほうです。そろそろ自分の打つ番が回ってくると思うと不安でいっぱいになり、ティーグラウンドのそばの木陰で事前の素振り練習。一人で黙々と、バサ、バサ、バサ。すると、

「誰だ、人が打とうとしているときにバサバサバサバサうるさいのは！」

人が打とうとするときは、お喋りも止めてシーンと静まり返るのがゴルフのマナーだと、そのとき初めて教えられました。

そしてとうとう自分の番が回ってきます。

「ご迷惑をかけると思いますが、よろしくお願いします」

挨拶をしたところ、ゴルフ上手の大竹まことさんがひと言。

「何百打、打ってもかまわないよ。ただし、後ろからくるプレーヤーには気を配ること。後ろの人を長く待たせたり迷惑をかけたりしないかぎり、どんなに失敗しても、誰も怒らないから」

「わかりました！」

肝に銘じて、最初の一打！　たいして飛びはしないけれど、とりあえず当たった。

「イエーイ、当たった。次はどなたですか？」

すると、

「君だよ」

「え、また私が打っていいんですか？」

ボールの落ちているところへ小走り。構えて、深呼吸して、クラブを上げて、まずは素振り。あれ？　もう一度、素振り。おかしいな。もう一回……。

「素振りは一回。初心者だから二回は許そう」

「わかりました！」

ようやく打って、また少し前進。

「お次はどなた？」

「君だよ」

「へ？　また私ですか？」

その頃は、ピンからいちばん遠い順に打つというルールすら知らなかったのです。

こうして少しずつピンに近づいていくものの、どう考えても私がいちばん時間をかけているのは明らかです。最初に言われた「後ろの人を待たせるな」を守るためには、どこで時間を短縮するか。打つのに時間がかかるなら、「打つ」と「打つ」の間を短くするしかない。すなわち、「打ち終わったら、すぐ走る！」です。

私は長らくゴルフを誤解していました。ゴルフは歩くスポーツだと思っていましたが、実は走るスポーツだったのですね。

でも、迷惑をかけないために走り続けていると、今度は、

「走るな！」

声が飛んできます。息を上げるとボールに集中できないぞ。落ち着けという意味らしい。いやいや、そんなこと言われても、後ろが迫ってきてるんだもん。そしてようやくグリーンに到達します。今度はパットです。まっすぐゆっくり、顔を上げない。教えられたことを唱えながらパターを振ると、奇跡的に、

「ウアオー、入った！」

喜びのあまり、その場でジャンプをしたところ、

「跳ぶな！　グリーンが傷む」

跳ぶな、走るな、走れ、騒ぐなと、何をやっても叱られてばかりなのに、どうしてこんなに楽しいのかと、自分でも驚くほど感動し、その日以来、私はすっかりゴルフにはまってしまいました。

「ここまでアガワさんがはまるとは思いませんでしたねえ」

最初に声をかけてくださったプロデューサーも呆れ顔です。「そんなに好きならまたお誘いしますよ」とみんなが言ってくださるけれど、当分は誰も誘ってくれませんでした。そりゃそうでしょう。こんな初心者の面倒を見るのは大変ですからね。それでも私は幸せでした。誰も誘ってくれないなら、一人で打ちっぱなしの練習場へ行く手があります。めったにいい当たりはないけれど、それでも数十球に一発、「カーン」といい音がしたときは、すべてのストレスが身体から解き放たれ、ボールとともに飛んでいくような気分になります。あの頃は、生涯、練習場で終わっても幸せだなあと思っていました。今は違いますけれどね。

下心のススメ

なんでそんなにゴルフが楽しいの？　ゴルフをやらない人によく質問されます。その話を書いていると、この本が『ゴルフの力』になってしまいそうなので手短にすませようと思いますが、一つには、いつまでたっても「わからない」からではないでしょうか。ときどき「わかった！」りするのです。なんだ、こういうふうに打てばちゃんと当たるんじゃないか。簡単簡単、開眼したぞ。するとその次のラウンドでは、「えー、このあいだ開眼したはずなのに」となり、初心者の頃だってこんなに下手ではなかったと思うほどの体たらく。ゴルフを始めて十年。私は何百回、開眼したことか。

でも「わかった！」つもりが、再び「わからなく」なるのは、私ばかりではないようです。ここまで上手になったなら、そんな悩みはないだろうと思われるほどのベテランゴルファーでさえ、ときどき「わけわかんないよ」病に陥ることがある。ゴルフの神様は手厳しいのです。「もはや習うことはなくなった」なんて達成感に酔いしれる状況を与え続けてくれるなんてことは決してありません。しかも、フルラウンドの十八ホールを回る間に、たとえばその日、ドライバーが好調だったとしても、パターがぜんぜん入らなかったり、ウッドがよく飛ぶと思ったらアイアンがシャンクしたりと、いくつかあるクラブのすべてを好調のうちに終わるなんて、そんな奇跡はめったに訪れません。

だからゴルフはやめられないのかもしれません。あの栄光の一打を再びと、過去の快感を夢見て、また朝早く起きるのです。

ときどき、いつも抜群に上手な人が、珍しく不調に陥る場面を目撃します。ゴルフ新参者の私が慰めるのも僭越《せんえつ》なので、あまり口には出さず、黙って見守ることが多いのですが、それでも本人が実に悲しそうな顔をしていると、つい声をかけてあげたくなってしまいます。

「いつもと違って、今日はちょっと振りが早いみたいです」

大胆に進言してから、しまった、言わなきゃよかったと直後に後悔します。後悔するなら口にしなければいいのに、そこが無口でない私の悪い癖です。

「そんなこと、言われなくたって、わかってるよ！」

お前に言われる筋合いではないと、きっと心の中でイライラが倍加しておられることでしょう。余計なことを言ったせいで、そのあとさらに不機嫌になられたらどうしよう。でもたいがいの場合、それは杞憂に過ぎないのです。

「あ、そうだった？　そうか、振りが早いかあ」

なんと素直に、下手な私の言葉に耳を貸してくださることか。そういうことを何度も経験しています。どれほど社会的に偉い立場になっても、どんなにゴルフで圧倒的に上手なレベルにあっても、後続の人間の言葉をするりと受け入れられるその人の人間性が表れる瞬間です。こういう人にならなきゃ。ゴルフ場でそんな人に出会うと、いつもチクチク胸が痛みます。

私を含めた多くのゴルファーは違います。自分の調子が悪いとすぐに何かのせいにしたがる。天気のせい。ゴルフ場のせい。メンバーのせい。すべて自分のせいとわかっていても、イライラウジウジ。誰かに注意されるとさらにイライラカッカ。でもイライラウジウジカッカするたびに、まだゴルフは当分やめられないと思うのです。人間として少しでも成長する日まで続けよう。必ずや、その前に死んでしまうのですけれどね。

上手になりたいという下心

そういう私ではありますが、ゴルフについては総じて謙虚なつもりです。別にあえて謙虚になろうと思わなくても、なにしろ五十歳に始めた身です。見るもの聞くもの持つもののすべてが、人生にとって初体験だらけだったので、新鮮というか必死というか。それこそ最初のうちは、「グリーンに乗ったら走らない」と言われて、「え？　走っちゃいけないんですか？」と驚いた。なにしろグリーンとは、ゴルフ場の緑色のところぜんぶのことを指すのだと思っていたからです。だってどこを見てもグリーンなんだもの。パットをする丸いところだけを「グリーン」と言うなんて、変ですよね。

「ああ、入れにいっちゃダメだよ」

パットが入らなかったときに、よく言われます。今では理解できますが、最初は不可解でした。入れにいっちゃいけないだって？　誰だって入れにいくでしょう。入れようとしなけりゃ、ボールは入らないでしょう。入れたいから真剣になるんでしょうが。意味わかんねえといつも思っていましたが、最近、ようやく理解しました。つまり、入れようとするがあまり、身体の軸をホールのほうへ動かしてしまい、ボールの方向が曲がってしまうことを指摘しているのです。

でも、それもこれも、人生の半ばを過ぎたこんな歳になって、一から学び、一から教えられ、上手になりたいがために真剣になれるなんて、つくづく幸せなことだと思います。

しかも上手になったと思ったとたんにすぐ、下手になる。だから、誰もが素直になれるのだと思います。後輩の言葉でさえ、自分にとって貴重なアドバイスと受け入れられるのです。他人の叱り言葉やアドバイスに対して、聞く耳を持てるのは、ひたすら「上手になりたい」という下心が支えていると言えるでしょう。ついでにゴルフでは、どんなに気取ってみても、どれほど自分の弱点を隠そうと思っても、フルコースの五時間ほどを一緒に回ればたいていはバレます。そして回り切った最後に、ああ、自分はなんて愚かな人間かと、そのたびに反省させられるのも、ゴルフの神様のおおいなる試練だと思っております。

お酒もそうですが、人を知るにはデスクの上だけではわからない。この人、よくわからない、でも知りたいと思ったら、ゴルフに出かけてみてはいかがでしょう。私が若い頃からゴルフを始めていたら、お見合いはいつもゴルフ場でしたかった。そうすれば、楽しくラウンドしたあとに、判断をつけやすかったと思います。見た目はそれほど冴えないけれど、一緒にラウンドしてみたら、なんて紳士的で潔くて、ズルをしない男らしい人かと驚くことは頻繁にあります。逆に、仕事場では立派な人に見えたのに、ゴルフをしてみたら、些細なことでイライラしたり、キャディさんに対する態度が横柄だったりするところが見えて、がっかりしたこともある。大事な商談や密談をするとき、なにかにつけてゴルフを利用するのはどうしてだろうと昔は怪訝に思っていましたが、今では納得できます。楽しくラウンドしながら、相手が信用できる人物かどうかを観察するには、ゴルフはもってこいですからね。

　ゴルフでも麻雀でもお酒でも、つい本性をあらわにしてしまう遊びは、実は人間関係を探るため、自分自身を知るために、欠かせないものだと思います。だから「根回し」って案外、大事なのではないでしょうか、ねえ。

嫌な言い回し

叱られたり文句をつけられたりするときに、そういう言い方はないだろうと思う表現がいくつかあります。あくまでこれは私の主観的見解ですが、たとえば、「これこれ、こういうところを直したほうがいい」という趣旨の話をするときに、

「みんな、そう言ってるわよ」

と付け加える人がときどきいますよね。あれは応えます。「よし、直そう」という気力が湧く以前に、ムラムラと腹が立ってきます。

「みんなって誰？　どこの、誰が、いつ、どういう状況のときに言ったのよ？」

そう言い返したいぐらいですが、そんなことをしたら本当に喧嘩になりそうなので、結局、家に帰ってしょぼくれます。そして言った本人と私に共通する「みんな」が誰であるか、アイツかとおぼしき知人一人一人の顔を浮かべて吟味します。そのうち、「そうか、みんな、私のことを嫌いだったんだ」と極度に悲観的結論に達するのです。

「いかがなものか」

これもよく改まった場所や仕事の場面で使う人を見かけますが、なんとなく感じ悪く聞こえませんか。そもそも相手より上位からの批判です。加えて、「はっきり間違っていると言いたいところだが、世間のみなさんは、はたしてどう思うでしょうねえ」と相手の心を試すようなイヤミな匂いがプンプンする。

「一度離党した政治家を公認するのは、いかがなものか」

なんだか偉そうでしょう。いっそ、

「一度離党した政治家を公認するのは間違っていると思います」

そう言えばいいのではないでしょうか。

「みんな言ってるよ」も「いかがなものか」も、自分だけの意見とせず、無言の大衆を味方につけようという言い回しに聞こえるところが、私は、「いかがなものか」と思うのですよ。

違う視点で「いかがなものか」と思う批判表現として、

「そういうことをするなんて、あなたらしくないわ」

というのがあります。

これは若い頃にずいぶん言われた覚えがあります。そのたびに、「ん?」と思いました。

なぜ「ん?」と思うのか。よくよく考えてみたのですが、「あなたらしくない」と言われても、その発言者が「アガワらしい」と思っていることが、私のどの行動や発言を指すのか、「アガワらしくない」ことは、その発言者にとってどの部分を指すのか、わからなかったからです。

「もしかして私のこと、もう少し真面目な人間だと思ってた?」

「もしかして私がこういうものを選ぶのは、似合わないってこと?」

とかく人は、相手に好意を抱けば抱くほどに、自分の気に入る方向にその人を導き寄せたいと望みます。付き合い始めた最初の頃こそ、相手のことを知らないから、「ああ、この部分は自分と似ているな。ほほお、こういうところは自分とぜんぜん違うな」などと客観的に解釈する余裕がありますが、しだいに互いの付き合いの距離が近くなるにつれ、自分の気に入るところに重点を置き、許容できない部分はあえて目に入れず、全面的に気が合っているという錯覚を持ち始める。ところがある日、自分の許容を超えた行動を相手がしたとします。

たとえば、仲良しのマルコちゃんがちょっと不良っぽい仲間と遊び出したとします。大丈夫かしら、あんな連中と夜遅くまで遊んで。昔はあんなことするマルコちゃんじゃなか

ったのに。心配のあまり、マルコちゃんを呼び出して、

「あんな連中と仲良くするなんて、ぜったいあなたらしくない！　やめたほうがいいと思う」

　それは友達として正しい助言だったかもしれません。でもその助言をする際に、「あなたらしくない」と言われたマルコちゃんは、心外に思うでしょう。

「いったいあなたがどれほど私のことを知っているというの？　不良っぽいとあなたが言う彼らのことだって、ぜんぜん知らないくせに。つき合ってみたら本当に仲間を大事にするいい人ばかりよ。私は彼らといるときのほうが、あなたと真面目ぶっているときより、はるかに自分らしいと思っているの。勝手に決めつけないで」

　なんだか青春映画のような展開になってまいりましたが、つまり私が言いたいのは、他人が他人のことを百パーセント理解するなんて、不可能ということです。自分のことすら理解できないのに、他人のすべてを知ったつもりになってはいけないと思うのです。

「お、あんな意外性があったのか。真面目そうな顔して、案外、剛胆な人だったのね」

　そう驚くのは自由です。そして自分の知らない危険な世界へ引き込まれていく親友がどうしても心配なら、

「気をつけてね。私、心配してるのよ」と自分の気持をストレートに伝えるほうがいいと思います。「あなたらしくない」という言葉は、驕った印象を相手に与えかねません。それがその人「らしい」か「らしくない」かは、所詮、他人にはわかりゃしないんですから。

「あなたの人生を考えているの」

「あなたのためを思えばこそ、言っているのよ」

これも、どうですかね。「みんながそう言っているよ」や「いかがなものか」が万民の意思を後ろ盾にしようという平面戦略だとするならば、「あなたのため」という比喩は、言ってみれば時間軸攻撃と言うのでしょうか。

「今の自分が不愉快だから言っているんじゃないの。今後のあなたを思えばこその発言なの」

「あなたの人生のことを考えてあげているの」

といった長期的視野に裏付けされた言い回しに聞こえます。ほほお、ならば私の人生にずっとお付き合いくださるおつもりですかな。そうイヤミの一つも返したくなる。

「この仕事はね、必ずや君のためになると思うから」

「君が今後、生きていく上で、決して損はないと思う」

そういう説得のしかたをされて引き受けた仕事で、その後の私のためになった例しはほとんどありません。だいいち仕事をするときに、いちいち「これは私のためになるか」とか「これは今後の私の成長につながるだろう」なんて、私はほとんど考えていませんよ。その場の成り行きとか人間関係のしがらみとか、他の面倒から逃れようとする反動とか、魔が差したとか、そういった不純な動機の積み重ねです。

でも、いったん引き受けたからにはキャンセルするわけにはいきません。仕事を達成させるのみ。だいいち現場へ行けば、そんな将来的展望などしている暇はないのです。今、どう対処することが大事か、このチームでどう動くことが必要か。そのバタバタの結果として、通り過ぎたのち「ああ、この仕事をしておいてよかったな」と思うことはあるかもしれません。その経験が確実に、次の仕事へのステップになることもあるでしょう。そのとき一緒に戦った仲間との出会いが、次の展開へつながることもあります。しかし、仕事をする以前にそんな傲慢な野望を抱いて現場に臨んだら、どんな仕事もつまらなくなると、私は思います。

「いつもそうなんだから」

続いて、「よくない言い方」とわかっているけど、つい口から出てしまう言葉。

「あなたって、いっつもそうなんだから」

そう非難して、かつてだいぶ親しくなった男性に、

「いつもいつもって、君は僕に対して、いっつもそう言うけれど、別にいつもじゃないだろ?」

と、叱られたことがあります。

どうしてああいう言い方をしたくなるのでしょう。女性はけっこう使うでしょ、この言葉? 私には、相手のミスが「いつも」に見えるけれど、実際のところは「いつも」じゃないんでしょうね。ま、痴話喧嘩の常套句としてよく登場しますが、実は人を叱るとき、この癖が出てしまう場合があります。

「あなたって、大事な日にかぎって、いっつも遅刻するんだから」

なんて具合に。叱られた側は、

「すみません」と頭を下げつつ、口元は不満げ。

「そりゃ、遅刻したことは申し訳ないと思ってますが、大事な日はいつもって言われると、

そうじゃないと思いますけど。そう決めつけられるのは心外なんっすけど」

「いつも」をつけたがために、素直に謝ろうという気が削がれてしまいます。

「あなた、こういう大事なときに遅刻しちゃ、ダメよ！」

きっぱりこう言ったほうが、気持よく頭を下げられそうです。はい、私も気をつけます。

そういえば、我が父の口癖にその手の言葉がありました。

「運転しているとき、俺が信号にさしかかるといつも赤になる」

そんなことはないと思うんですけど、父にはそう見えるらしい。

「俺がお手洗いへ入ろうと思うと、いっつもお前が入っている。おしっこか、うんこか、まだ出られないか！」

これは母に対する常套句です。ウチのお手洗いは父の書斎の前にあり、ドアを開けると空気圧で父の書斎の扉がグワンと揺れる。その音を聞くと、どうやら父は「あ、行きたい！」と思い出し、もよおすのではないかと想像されるのですが、父の言い分としては、「俺が先に行きたかったのに！」ということになるのです。母はお手洗いに入るたび、「おい、また便所か」と父に扉を叩かれて、「本当にやんなっちゃうわ」と、それこそいつも情けなさそうにしておりました。

今、気がついたけれど、私が相手を非難するときに「いつも」を加えてしまうのは、遺伝かもしれない。

「俺が電話をすると、いっつも話し中だ！」

外出先から父が電話をかけてくるときにかぎって、直前まで誰かと電話で話をしていることが多いのです。切った直後にリーン。出ると、不機嫌な父の声。だから家族は父が家にいるときに電話を使うのも遠慮するのですが、外出したからといって気を抜いて長電話をすることも、できませんでした。

かつてテレビ局で仕事をしていたとき、プロデューサーの男性が電話をかけていました。が、これがなかなかつながらない。いくらかけても話し中。プープープーという音を聞き、受話器を置き、しばらく待ってまたかける。するとまたプープープー。

「ずいぶん長電話ですねえ」

そばにいた私までイライラしてきます。いったいいつまで話し中なんだ。そうこうしているうちに、ようやく電話がつながって、

「もしもし？」

これだけ待たされたのです。イヤミの一つも言うだろうと聞き耳を立てていると、その

プロデューサー、「ずいぶん長電話でしたねえ」とか「何度もお電話したんですが」とかはひと言も口にせず、

「もしもし、今、よろしいですか。昨日の件ですが」

即、用件に入ったのです。

なんてこった。私は驚愕しました。なんという潔さでしょう。私なら必ず言うでしょう。しかもイライラした口調で。

「すぐに返事をくれというお話だったので、ずっと電話してたんですが、なかなかつながらなくて、どうしようかと思いました。こちらもこれから出かけなければならないので、手短に申し上げますけれど」

出かける時間が切迫していなくても、それくらいのことは言ってやりたくなります。でもプロデューサーはそんなこと「屁」とも思っていなかったのです。余計なイヤミを言って相手の気持を騒がせるより、仕事の話が先だとでも言いたげな平然とした素振りです。これぞ仕事のできる人のなせる業かと感服しました。

「どれだけ固唾を飲んでいるか」

主要な用件の前に、ちょっとひと言、前置きをしてしまうことはよくあります。

「ずっとお話し中だったので、遅くなりましたが」

「以前にもお伝えしたはずですが」

「すでにご理解いただいていると承知しておりましたのですが」

謙遜の体を装って、実は暗に相手を非難する言い回し。これを私は、すぐやりたがるんですね。

先日、糸井重里さんと対談し、そのとき糸井さんがおっしゃった言葉に衝撃を受けました。

「男はね、大人になるにつれて、どれほどの固唾を飲んでいるかが勝負になると思うんですね」

固唾ですよ、固唾。すぐに口を挟みたい。でも、ここは言わずに見守ることとする。この場では言わないほうがいい結果を生むだろうと判断したら、そこは黙ってサッポロビール。女の私には、至難の業です。

付け加えると、「以前にも申し上げましたが」という諫言は、実は私が使うことは少な

くて、ウチの秘書アヤヤが頻繁に私に向かって発しております。なぜならば、私がすぐ、

「え？　明日が締め切り？　そんなこと聞いてないよ！」

「ウソ、仕事のあとに懇親会があるの？　フォーマルパーティ？　じゃ、ちゃんとした格好して行かなきゃいけないわけ？」

　などと騒ぐからです。

　これはイヤミではなく、正しい使い方です。だから私は最近、謙虚になり、

「前にも伺ったかもしれませんが」

　たとえそれが本当に初耳であったとしても、前置きをするようにしています。

上手な叱り方

四十歳を過ぎてからのことです。妹尾《せのお》河童《かっぱ》さんに連れられて天ぷらを食べに行きました。「うわ、このエビ、おいしい」「おお、レンコン、ホクホクしてる」などと夢中になっていただいていたら、河童さんが静かに私に話しかけてきました。

「君、ちょっとお箸の持ち方を変えたほうがいいね」

「は？」

「もう少し根元の部分を握ったほうが、エレガントに見えるよ」

言われて初めて気がつきました。私はお箸の真ん中あたりを握っていたのです。少しでも食べ物に近づきたいという浅ましさの表れでしょうか。なるほど河童さんに指摘されたように、握る位置を根元にずらしてみると、ガツガツした感じがなくなります。昔から指の置き方には問題ないと思っていたのですが、まさか握る位置がエレガントでなかったとは。四十歳を過ぎて初めて知りました。

河童さんのおかげでそれ以降、ことあるごとに自分のお箸の握り方を再確認する癖がつきました。こんな歳になっても、人に指摘されて直せることがあるんだと、我ながら嬉しくなりました。キーワードは「エレガント」です。もしあのとき、

「ダメだよ、そんな持ち方しちゃ！」

頭ごなしに叱られたら、その場で聞き流していたかもしれません。でも私には河童さんの「エレガント」という言葉と「お箸の握り方」と、加えて「おいしい天ぷら」がセットで印象づけられました。こういう注意の仕方をされると生涯、忘れないものです。ことに天ぷらを食べるたび、あの日のことを思い出します。

「すり足に美人なし！」

こう言ったのは、高校時代の友達です。なぜ突然、そんなことを言い出したのか知りませんが、部活を終えて疲れ切って帰り道を歩いていたときに、彼女がそう叫んだのです。ビクッとしました。実際、足をズルズルデレデレ引きずって歩いていたからです。そう叫んだ彼女自身、決してスマートに歩いていたわけでもないのに。でもきっと、ご両親かどなたかに、いつも言われていた言葉だったのでしょう。自戒の気持も込めて、まわりの仲間に喚起したのかもしれません。今でも良い教訓になっています。

「じゃ、死ねば？」

私は中学高校の六年間を、女子だけのミッションスクールに通っておりました。特に勉強が好きだったわけではないし、部活（卓球部）に夢中だったわけでもない。何が楽しみで学校へ通っていたかといえば、友達とバカ笑いすることだったような気がします。もちろん、友達同士のギクシャクした気持のすれ違いや、その年頃なりの悩みや苦痛は絶えずありました。でも、そんな「あー、いやだ」という気持をカラッと晴らしてくれるのは、世にもくだらない友達同士の会話や、先生や仲間に仕掛けるいたずらや、笑い話だったのです。

「あーいやだ」

放課後、私は学校の近くの歩道を歩いているとき、ふと呟きました。テストの成績は芳しくなく、先生には注意されるし、家へ帰れば怖い父が待っている。受験の準備はそろそろ本格的に始めなければいけないけれど、いったい大学受験になんの意味があるのだろう。そんなことを考えているうちに、気持が暗くなっていたのです。

「もう死んじゃいたいよ」

そう口にした直後、細い歩道で私の前を歩いていた友達三人が同時に振り返り、

「じゃ、死ねば？」

思わず息を飲みました。なんてことを言うんだ。ひどい友達だ。と思いつつ、笑い転げました。笑っているうちに気分が晴れてきました。ま、いっか。

いつもそんな調子です。私が父に怒鳴られて、その悲しみを聞いてほしくて友達に電話をします。以前に書いた通り、夜遅く、父に見つからないようコソコソと。我が家の大事件の経緯と、どれほど娘の私がひどい目に遭い、今度こそ私は父と決裂するかもしれないと、まことに鬼気迫る話を、ときに涙声になってつらつら述べる私に対し、「ふーん」「うんうん」「へえ」と聞いていた友達が、話に一段落がついた頃、

「で、明日の日曜日なんだけどさ。何、着ていく？」

おいおい、君は私の話を聞いておったのか。そうか、所詮、人の悲しみは蜜の味。他人事なのね。

「聞いてたよ。聞いてたけどさ。なんかお宅の家族の喧嘩って可笑しいんだもん。親子ともども極端で。いつもそうじゃない。どうせ二、三日すれば元に戻るわよ。今までだって、ずっとそうだったし」

当事者とは違い、冷静です。そうなのです。彼女の言う通り、数日後にはなぜか平穏が

訪れるのです。どうして友達にはそれがわかるのでしょうね。そして電話を切る頃には、私も少し気持が軽くなっていることに気づかされます。

その女学校時代の、笑うことを人生の何よりの楽しみと思っている友達とつき合ったおかげで、私のきつい性格はずいぶん和らげられたと思っています。もちろん私たちは何事をも笑いの対象と考えていたわけではありません。いつもはふざけてばかりいる友達も、大切な仲間が本当に悲しんだり困っていたりする姿を見つけると、たちまち一致団結して親身になって支えました。でも普段の生活においては、誰かが何かにムキになったり、急に気取ってみせたり一人だけ格好をつけようとしたりすると、誰かが「プッ」と噴き出して、こぞって茶化し始めるのです。

卒業したのちに、高校時代の親しい仲間六、七人でスキー旅行へ繰り出したときのことです。ホテルの大部屋に到着し、それぞれが自分の寝床の場所を確保して、荷物整理を始めました。ある者は即座にテレビをつけ、ある者は着替えを始め、ある者は持ってきたお菓子類を一所に集め、その都度、誰かが誰かに文句を言います。

「ダメよ、そこにゴミ箱置いちゃ。お菓子を置くところなんだから」

「ちょっとこのリュック、邪魔なんですけど」

「テレビの音量、大きすぎるよ。だいいち見てないなら、消そうよ」

「いやよ、部屋に着いたらテレビついてないと落ち着かないんだもん」

旅の疲れもあったのか、遠慮会釈なく言い合いを始めるに従って、言葉にトゲが出てきます。とうとう誰かが、

「なに、文句ばっかり言ってんのよ」

すると、

「そっちこそ、なに、怒ってんのよ」

やや険悪な空気が流れ出したとき、一人が、大声で言ったのです。

「なに、太ってんのよ」

たちまち大爆笑。誰が？　私じゃないわよと、口々にツッコミながらも、笑いが止まらなくなりました。

ユーモアと落語の効用

私はあのとき、この学校を卒業して幸せだったとつくづく思いました。きつい言葉を吐きながらも、案外みんな、争いが怖いのです。小心者だらけなのです。だから、どうすれば深刻な喧嘩にならずにすむだろうと知恵を働かせます。その切羽詰まった状況の中で、編み出されるのはいつも「可笑しい」発言です。このひと言で一気に諍いが収まります。笑うと怒りの感情が薄れます。悲しい感情も和らぎます。

「ユーモアって、そういう力を持っていると思うんです」

かつて井上ひさしさんにインタビューに伺ったとき、そう言われたのを思い出します。

これは他のところでも書いたことがありますが、井上さんが南の島へ旅に行ったときのエピソードです。旅を終え、いざ日本へ帰る日が訪れたとき、乗るべき飛行機がストライキのために飛ばなくなったそうです。しかたなく乗客全員がその飛行場からはるか離れた別の飛行場へ移動することになりました。バスに乗って数時間。車内は暑いし道は渋滞するし。バスは歩行するより遅いスピードでしか進みません。これでは次の飛行機にも間に

合わないかもしれない。人々は誰もがイライラ、しだいに無口になりました。そのとき、誰かがひと言、

「これぞ、センチメータージャーニーだ」

たちまちバスの中に笑いが起こりました。そして乗客の緊張感に満ちた気分が一気に吹き飛んだというのです。

「ちなみに、それを言ったのは私なんですけどね」

井上さんははにかんだ顔で最後にそうオチをつけ、インタビュアーを笑わせてくださいました。

「ケツ上げろ、ケツ」

実のところ、私の父は、娘の女学校仲間風ユーモアをあまり快く思っておりませんでした。戦争中、父が勤めていた海軍の精神はユーモアを大事にすること。いつも子供にそう教育してきたはずの父が、娘のユーモアは認めてくれません。

「お前たちのはただの茶化しだ。人を食っている」

ならば海軍のユーモアはと問うと、

「あれはウイットだ。くだらん茶化しとは違う」

そういう父を笑わせるにはどうするか。なぜか落語が有効でした。いつの頃からか、父とギクシャクしそうになったら、落語を持ち出そうと私は決めておりました。たとえば、

「おい」

その「おい」だけで父が何を望んでいるかを察知しなければなりません。あるときは塩、あるときは醬油、あるときはお酒という具合。父がおちょこを手に持って「おい」と言えば、それはお酌をしろという合図です。

私は徳利を持って父の杯に日本酒を注ぎます。内心は、こんなことをしていたくない心境です。学期末試験の直前です。自分の食事はとうに終わっています。早くお皿洗いを済ませ、部屋に戻って試験の準備に取りかかりたい。さりげなく、用済みになった食器を少しずつ台所へ運び始めると、父が、

「閉店間際の食堂じゃあるまいし、落ち着かないからやめてくれないか」

「はい」

ここはじっと我慢。そう思ってみるものの、こちらのほうが落ち着かない。ああ、早く解放されたいよお。そわそわそわ。勘のいい父は、私が不満に思っていることにだんだん

気づき始めます。

「おい」

イライラした口調で私に杯を差し出します。そこで「はい」と私は徳利を持ち、日本酒を注ぎながら芝居がかった調子で、

「ケツ上げろ、ケツ。お前のケツじゃねえやい。徳利のケツでぃ……でしょ？」

たちまち父が笑い出します。実はこの台詞、落語に出てくるものなのです。

「らくだ」という落語の中、やくざのような男の前で最初はオドオド怯えていた商い人がやくざ男に酒を勧められ、しだいに深酔いし、とうとうやくざ男との力関係が逆転するという場面です。

「酒に弱いって言ってたくせに、お前、まだ飲む気かい？」

最初は無理やり酒を勧めたやくざ男でしたが、商い人が何度もおかわりを求めるものだから、少し呆れ始めます。すると、

「うるせいやい。注げっていったら注ぎやがれ」

「しょうがない男だね、ほら」

そう言って、やくざ男が徳利を持ち上げたとき、

「ケツ上げろ、ケツ。お前のケツじゃねえやい」

気の弱い商人がまさにケツをまくる瞬間です。その台詞を父はいたく気に入っておりました。お酒を注ぐときその台詞を言うと、

「あれは可笑しい。あの落語、お前はちゃんと聞いたことあるのか?」

父の機嫌はたちまちよくなり、私も「受けた」という喜びで不満が解消されるのです。

父の前で、母と私がよく使っていたのはもう一つ、志ん生の「替わり目」という落語に出てくる台詞です。

「おい、甘いもの、なにか出してくれ」

ひと通りの食事が終わると父は、デザートを要求します。ところが手頃なお菓子が見当たらないとき、

「なんにもないですねえ」

「ないってことはないだろう。こないだ○○さんからいただいた羊羹はどうした」

「食べちゃったああ」

「なんでも食べちゃうやつだね。いただきましたって言えねえのかい、え?」

「いただきましたああ」

「いただいちゃいましたあ」

父と母娘が、そんなやりとりをしているとき、我が家はこよなく平和でありました。皆様も、何かの折に、この雰囲気やばいぞ、どんどん険悪になりそう。そう思ったときは、落語の台詞で最悪の事態を逃れることをお勧めします。

もう一つ、思い出した。

たとえば上司に無理難題を求められたといたしましょう。

「おい、すまないが、これからちょっとお使いに行ってきてくれないか」

えー、こんな時間に？　しかしこちらは急いでやらなきゃいけないことがある。そんな要求には従いたくないなあ。なんでこんなときに自分に頼んでくるんだろう。他の人に言いつければいいものを。まったく迷惑な話だ。などとブツブツ言いながらも、従わざるを得ない。そういうときに適した落語の台詞があります。

「わかりましたよ、行きますよ。行ったから死ぬってわけじゃあるまいし。さ、どんどん、どーんどん用件を言ってください。こちとら因果と丈夫にできてるんでぃ」

これは「寝床」という落語の一場面の真似です。長屋のご隠居が義太夫を趣味にしていて、近所の人を集めてお披露目会をひらくと言い出します。困ったのはご近所さん。下手な義太夫を延々と聴かされるのはたまらない。

「いやー、ちょっとウチの子供が熱を出しちまってね。残念なんですが、どうしても伺えなくて」

「ウチもね、かみさんの具合が急に悪くなって。店番がいないんですよ」

なんのかんのと誰もが欠席の意向を伝えると、ご隠居さんの機嫌がだんだん悪くなる。とうとう最後の一人に声がかかります。

「おい、お前はどうなんだい。都合、悪いのか？」

最後の一人は腹をくくります。これで誰も行かないと、あとがどうなるかわからない。そこで、答えるのです。

「わかりましたよ。聴きゃいんでしょう、聴きゃ。いくら聴いたところで死ぬってわけじゃあるまいし。さ、どんどんやってくれ。こちとら因果と丈夫にできてるんでぃ」

笑いに託して自分の不満も思う存分、発散できて、こうすれば嫌な仕事も気持よく引き受けることができるってぇもんでぃ。

叱られたとき、悲しいとき

私自身、誰かに叱られたとき、落ち込んだとき、どうやってその状況から脱するかといえば、まず、寝ます。

不思議なことにネガティブな気持になると昔から睡魔が襲ってくる体質らしいのです。男に振られた大学生のときは、それはもう、よく寝ました。父の目を盗み、外出しているふりをして部屋にこもって延々と寝ました。一人暮らしを始めたあとも、仕事で上司に叱られて、食事を抜いて丸一日近く寝続けたことがあります。寝ても寝ても起きる気力が湧かないのです。それでも起きなければならないときは必ずやってきます。空腹にも限界が来ますし、それより先に電話が鳴ったり宅配便のおにいちゃんの訪問を受けたりする。そしていよいよ寝床から這い出して、他人と口をききます。

「あれ、どうしたの？　元気のない声だね」

よくぞ聞いてくださいました。

「実はね……」

心優しい友達は、ひと通りの私の辛い物語を聞き終えると、「じゃ、今日は静かにしていなさい。また電話するね」。

すると今度は別の電話。「実はね……」。そして出かける時間となり、着替えて外に出て、また他の人に出くわした際に、

「どうしたんですか？　顔色が悪いみたい」

よくぞ聞いてくださいました。私はまたもや事情を説明する。

まあ、そんなことを五人ぐらい繰り返しているうちに、だんだん元気が湧いてくる。不思議なものです。同じ話を五回も繰り返してごらんなさい。話の仕方も上達し、余計な言葉が削がれていく。話しながら自分の頭の整理がついていく。そのうちに、あれ、もしかして、私はけっこうくだらないことに気を揉んでいたのかなと気づくのです。声に出すという物理的行為も元気の素になっているかもしれません。いずれにせよ、そうなったらこっちのもの。

「なんだ、もう元気になったのか」

相談した相手にはたいてい呆れられるほどの見事な回復力を示します。

相談する相手を選ぶかと聞かれれば、否。「この人は私の話を聞いてくれそうだ」とお

ぼしき人ならば、たとえ初対面であろうとも、深く知り合っている仲でなくとも、もちろん親友でも旧友でも家族でも、かまいません。むしろ相談相手を一人に絞ってしまうと、こちらが「よし、聞いてもらおう」と思って語りかけたとき、私だとわかったとたんに、「あ、また悩み事を聞かされるのかな。今、忙しいんだけどな。長電話になりたくないな」と相手は警戒するでしょう。もし私が相談される立場にいて、その相談があまり頻繁になるようだと、心のどこかでそんなふうに警戒するかもしれません。それより一度きりしか相談しない相手のほうが優しくなってくれるものです。一度ぐらいなら、他人の相談ごとに乗るのはたやすいことですからね。

英語で「オウム返し」

その点、夫婦の相談関係は、どうやら互いにつらい思いをすることが多いようです。

これはかつてTVタックルにゲストとして出演された、花まる学習会という塾代表、高濱正伸さんから伺った話です。高濱さんは『夫は犬だと思えばいい。』という大胆なタイトルの本を書かれました。そもそもその本を書いた理由は、塾に通う子供に元気のない子が何人かいる。どうして元気がないのか調べるうち、どうやら彼らの母親の機嫌がいつも悪いという共通項が見つかった。ではなぜ母親は機嫌が悪いのか。調査してみると、総じて夫が話を聞いてくれないからだという新たな共通項が見出される。そこで、塾の子供を元気にさせるためには、夫が妻の話を真面目に聞くよう仕向ければいいとわかる。

そこで高濱さんは思いつくのです。

「妻の話にとりあえずオウム返しをしなさい」

たとえば疲れて帰宅した夫に向かい、待ってましたとばかりに妻がすり寄ってきて、

「ちょっと聞いてくれる？　お隣の奥さんったらねえ」

「なんだよ、帰ってきた早々に」

「今朝、ゴミを出しに行ったら、またなのよ」

「ちょっとビール出してくれよ」

「先週からずっとなんだから。あのゴミの出し方は違反だと思うの」

「俺のTシャツ、洗っちゃったの？　あれまだ着ようと思ってたのに」

「あんな出し方されると、あとの人が迷惑なのよ」

「そんなに嫌なら、管理人に言えばいいじゃないか」

「言ったわよ。でもぜんぜん効果がないのよ」

「じゃ、直接、お隣の奥さんに言えば？　ゴミの出し方直してくださいって」

「そんなこと言えるわけないでしょ。どうしてあなたってそう無神経なんだろう。だったらあなたがお隣に行って文句言ってきてよ。ほら、嫌なんでしょ。できもしないくせに適当なこと言わないでくれる？　あなたって、いっつもそうなんだから」

「いっつもってなんだよ。いっつもじゃないだろ。だいたいなんで俺が怒られなきゃいけないの？　お門違いだろうが」

　この会話について、妻の不満は「夫がちゃんと話を聞いてくれない」ということになるでしょう。しかし夫からしてみれば、聞いているからこそ親切に解決策を示しているのに、却って文句を言われるとは何ごとかと不可解だと思うに違いありません。

　これは私も何人かの男性に問い質した結果ですが、どうやら男という動物は、相手の相談ごとに対して「解決策を示す」ことこそ最大の親切だと思っているきらいがあります。が、女という動物は、必ずしもそれを望んでおりません。

　女は話を親身になって聞いてもらいさえすれば、それで気持がスッキリするのです。私のように何度か繰り返して話すうちに、自分の頭が整理され、反省できることもあるのです。それを男はさっさと話を切り上げたいがあまり、さっさと結論を出そうとする。少なくとも女にはそう感じられます。そこで妻（わたしゃ妻の経験はないけれど）の不満はたまることになるのです。

そこで高濱さんは考えました。夫に「オウム返し」を勧めたのです。

「ちょっと聞いてくれる？　お隣の奥さんったらねえ」

「お隣の奥さんが？」

「今朝、ゴミを出しにいったら、またなのよ」

「また？」

「先週からずっとなんだから。あのゴミの出し方は違反だと思うの」

「違反ねえ」

「あんな出し方されると、あとの人が迷惑なのよ」

「迷惑なんだ」

「だってね……」

話している妻のリズムはだんだん乗ってきます。夫が興味深そうに突っ込んでくれるからです。でも実のところ、夫は妻の言葉尻を拾って繰り返しているにすぎない。もしかすると心の中で、「ビールにしようかな。それともワインを開けようかな」とか「あ、俺の着替えのTシャツ、どこにいったんだろう」とか「お風呂、先に入ろうかな」とか、他のことを考えているかもしれない。それでもいちおう、聞いている振りはけっこうできるものです。

「でも、毎日、オウム返ししかしないと、だんだん妻も不審に思い始めます。そこで上級編」

高濱さんの提案する上級編は、こちらです。

「ねえ、聞いてくれる？　私、三キロも太っちゃった」

そういうとき、普通の夫の反応は、

「食べ過ぎなんだよ、デブ」

そこからはもう、不機嫌の嵐です。

そこをグッと堪え、

「ねえ、聞いてくれる？　私、三キロも太っちゃった」

「三キロ？　そんなふうには見えないけど」

「そうなのよ。ちょっと本気で痩せないとダメよねえ」

「ダイエットかあ」

「うん。走り始めようかと思ってるの」

「お、ジョギング、いいじゃない」

ただのオウム返しではありません。英語に直して繰り返すのです。こうすれば、さらに「誠意をもって妻の話を聞いている夫」を演じられると、高濱さんはおっしゃいます。

人のアイディアをここで紹介するのもナンですが、これはたしかに名案です。私が『聞く力』で提案した「オウム返し」よりさらに吟味された高濱正伸さんの「聞く力」でございました。

言い訳は進歩の敵

叱られたとき、落ち込んだときの解決法を述べるつもりでしたが、話が少々ずれたようです。ずれたついでに。

先日、元ヤクルトの宮本慎也さんにインタビューをしたときのこと。宮本さんは社会人野球からドラフト二位で野村克也監督率いるヤクルトに入団し、プロ野球選手になった方です。ところが入団まもなく監督に、「一流の脇役になれ」と言われ、以来十九年、ひたすらその言葉に従って守備の道を極め、スター選手への夢を断念したといいます。悔しくなかったのですかと伺うと、「プロのレギュラーで一日でも長く監督に使ってもらうためには、それが当然だと思いましたから」と。

「でも野村監督って、本当に怖かったですよ。半端じゃなく。相手チームと戦うよりベンチと試合やってた意識のほうが強いですよ。とにかく野村監督に怒られないように、とし か考えていませんでしたもの」

おお、私の新人時代と似ている。私も生の報道番組に出演中、カメラの向こうになにを伝えようかなどということより、隣に座る秋元秀雄さんに怒られないようにつとめようとしか考えていませんでしたから。

「あるとき僕がホームランを打ったんですよ。さすがに監督に誉められるかと思ってベンチに戻ってきたら、監督に言われました」

「なんて?」

「おい、勘違いすんなよって」

そこまで誉められることなく一流の脇役を極め切った宮本さんが、他球団の若手にも慕われ、指導されたいと望まれる存在になったのには、後輩の指導方法にもしっかりとした哲学があったからです。

その哲学の一つに印象的な言葉がありました。それは、

「言い訳は進歩の敵」

これは宮本さんが思いついたものではないとおっしゃいましたが、それにしても宮本さんはその言葉を忠実に実行し、たとえ自分が上の立場になっても、自分が間違えたと確信したときは、決して言い訳をせず、「ごめん。僕が悪かった」と素直に謝るのだそうです。

「だって……」

「でも……」

「わかってはいたんですが、ただ……」

ついロをついてしまいがちな言い訳。でも、本当のところ、言い訳って、自分で言っているぶんには、「言い訳」という意識がほとんどなく、「きちんと事実を伝えておかないと」という正当なる権利に感じてしまうのですよね。でもそれは、結局、「言い訳」なんですね。

言い訳を一つ言ったら、進歩の階段から一段ダウン。会社の昇格基準に「言い訳」の項目を作ってみるのも一考に値するかもしれません。え、じゃあ、アガワはどうするんだって？　言い訳を一つ言ったら一回、ゴルフは禁止。やめてくださいよ、今や私の唯一の楽しみなんですから。減給されるより晩ご飯抜きと言われるより、それはつらい。

ちょっと真面目な、あとがき

喜怒哀楽。

それは人間の感情の基本です。

この言葉の初出は、儒学の経典にあたる四書（大学・中庸・論語・孟子）の一つ、「中庸」だと伝えられています。著者は孔子の孫の「子思」という説が有力ですが、定かではありません。その第一章に、

喜怒哀楽之未発　謂之中
喜怒哀楽という感情が生まれる以前、それを中と謂う。

という件《くだり》が出てきます。喜怒哀楽とは、外界からの刺激によって起こる心の揺れ動きのことであり、外界と触れる以前、人は皆、どちらに偏ることなく、毅然として真ん中に心を置いていた。それを名付けて「中」と呼ぶ。

さらに、

発而皆中節　謂之和
発して皆、節にあたる、それを和と謂う。
喜怒哀楽の感情が芽生えてしまったあとも、それらを節度に従っておさめれば、それを「和」と呼ぶ。

すなわち人間は、できるだけ感情的にならず、常に中庸に戻ろうという信念をもってものごとにあたれという教えと理解できます。しかし私はもう一つ別のことに気づきました。それは、この言葉が生まれたはるか二千年以上の昔から、人々は感情のコントロールに苦労していたらしいということです。そう思うと、これは私ごときが悩んだところで解決のつかぬ問題だと、つい笑いたくなってしまいます。
たしかに人は、成長するに従って感情をコントロールするよう教育されてきました。かくいう私も常日頃より、尊敬する大人とは、何があっても騒がない、慌てない、カッとならない、泣かない人のことだと信じています。そういう人になりたいと、願い続けて六十年。ちっとも精進できない自分をつくづく情けなく思います。精進するどころか、もしかして退化していると感じることさえあります。人間が歳を取ると丸くなるというのは嘘じゃないかと思うほど。騒ぐ、慌てる、カッとなる回数は歳とともに増え、最近は涙腺周辺の筋肉老化のせいかドラマの予告編を見ただけで涙があふれてくる。もう少し平然としていられないのかね、アガワ君。自分にいくら言い聞かせても、感情コントロールは至難の業です。

その私に比して、いつも冷静沈着、はたして怒っているのか喜んでいるのかすら区別のつかない若者に出くわすことがあり、ときどき違和感を覚えます。若いうちからずいぶん成熟しているんだなあ。最近の若者は、よほど人間ができているのかしら。そんな若者に感心するいっぽうで、世間ではストーカー事件の絶えることがなく、家族や友達の命を、ほんの些細な理由で奪ってしまう子供がいる。さらに若者とは限らないけれど自殺者の数は相変わらず多い。電車の中でぼそぼそ話している高校生たちが突如、まわりが仰天するほどの大声を上げて笑い、激しく手を叩くかと思えば、「泣きたい」という目的で映画館へ行く風潮が蔓延していると聞く。いったいこれはどういう現象なのでしょうか。社会のせい。時代のせい。政治や経済のせい。それもあるかもしれません。しかし、私には、どうも誰もが喜怒哀楽の感情を抑え過ぎているせいではないかと思いたくなるのです。普段、抑えているぶん、何か特別な状況に陥ると、その反動かと思われるほどの感情の爆発が起こるのではないか。

喜ぶ。怒る。哀しむ。楽しむ。

私たち戦後世代は先人のおかげで、もう二度とあのような悲惨な時代を迎えないよう守られて育ちました。戦争を体験した人々は自分の子孫に、毎日できるだけ喜んで、楽しんで生きてもらいたいと願いました。怒ったり悲しんだり怯えたりする機会を極力、排除して、そういう教育制度のもと、現に経済的にも豊かな日本を築きあげてきた。ところが明るい日本はいつのまにか失速し、明日への保証のないモヤモヤとした時代が訪れた。さて、どうしよう。しかし、もはや子の親や、社会の中枢を担うべき世代の多くが本気になって怒り怒られ、悲しみ悲しませる経験を積んでいないように思われます。だから何か事態が急変したとき、まるで卵の殻を割ったときのようにグシャグシャッと簡単に壊れてしまう。

喜怒哀楽。その四つの感情の「喜」と「楽」という、いいとこ取りをすることが、「中庸」への道ではないのではないか。人間には「喜」「楽」だけでなく、「怒」と「哀」も同様に思う存分、発散することが必要なのではないか。幼いうちから四つの感情をバランスよく露呈して、出し惜しみすることなく思い切り泣き、笑い、悲しみ、喜んで、そのときようやく「中庸」の位置を見つけられるのではないでしょうか。私の勝手な見解ではありますが、そんな気がします。

阿川佐和子（あがわ さわこ）
1953（昭和28）年、東京都生まれ。慶應義塾大学文学部西洋史学科卒。83年から『情報デスク Today』のアシスタント、89年から『筑紫哲也 NEWS23』（いずれも TBS系）のキャスターに。98年から『ビートたけしの TV タックル』（テレビ朝日系）、2011年から『サワコの朝』（TBS系）にレギュラー出演。『ああ言えばこう食う』（檀ふみ氏との共著、集英社）で講談社エッセイ賞、『ウメ子』（小学館）で坪田譲治文学賞、『婚約のあとで』（新潮社）で島清恋愛文学賞を受賞。「週刊文春」の「阿川佐和子のこの人に会いたい」は連載1000回を超えた。12年『聞く力』（文春新書）が年間ベストセラー第1位に。

文春新書

960

叱《しか》られる力《ちから》　聞く力2

2014年（平成26年）6月20日　第1刷発行

著　者　阿川佐和子
発行者　飯窪成幸
発行所　株式会社 文藝春秋
〒102-8008　東京都千代田区紀尾井町3-23
電話 (03) 3265-1211（代表）

印刷所　理想社
付物印刷　大日本印刷
製本所　大口製本

定価はカバーに表示してあります。
万一、落丁・乱丁の場合は小社製作部宛お送り下さい。
送料小社負担でお取替え致します。

ISBN978-4-16-660960-4

◆考えるヒント

孤独について　中島義道
性的唯幻論序説　岸田　秀
誰か「戦前」を知らないか　山本夏彦
百年分を一時間で　山本夏彦
小論文の書き方　猪瀬直樹
民主主義とは何なのか　長谷川三千子
寝ながら学べる構造主義　内田　樹
わが人生の案内人　澤地久枝
常識「日本の論点」　『日本の論点』編集部編
勝つための論文の書き方　鹿島　茂
男女の仲　山本夏彦
東大教師が新入生にすすめる本　文藝春秋編
面接力　梅森浩一
成功術　時間の戦略　鎌田浩毅
唯幻論物語　岸田　秀
10年後の日本　『日本の論点』編集部編

「秘めごと」礼賛　坂崎重盛
大丈夫な日本　福田和也
お坊さんだって悩んでる　玄侑宗久
私家版・ユダヤ文化論　内田　樹
論争　格差社会　文春新書編集部編
10年後のあなた　『日本の論点』編集部編
退屈力　齋藤　孝
27人のすごい議論　『日本の論点』編集部編
世間も他人も気にしない　ひろさちや
信じない人のための〈法華経〉講座　中村圭志
なにもかも小林秀雄に教わった　木田　元
論争　若者論　文春新書編集部編
坐る力　齋藤　孝
断る力　勝間和代
世界がわかる理系の名著　鎌田浩毅
東大教師が新入生にすすめる本2　文藝春秋編
完本　紳士と淑女　徳岡孝夫
愚の力　大谷光真

ぼくらの頭脳の鍛え方　立花　隆・佐藤　優
丸山眞男　人生の対話　中野　雄
静思のすすめ　大谷徹奘
ガンダムと日本人　多根清史
日本版白熱教室　サンデルにならって正義を考えよう　小林正弥
イエスの言葉　ケセン語訳　山浦玄嗣
聞く力　阿川佐和子
泣ける話、笑える話　徳岡孝夫・中野　翠
金の社員・銀の社員・銅の社員　秋元征紘・田所邦雄　ジャイロ経営塾
「強さ」とは何か。　宗　由貴・監修　鈴木義孝・構成
人間の叡智　佐藤　優
選ぶ力　五木寛之
何のために働くのか　寺島実郎
日本人の知らない武士道　アレキサンダー・ベネット
〈東大・京大式〉頭がよくなるパズル　東田大志・東大・京大パズル研究会
〈東大・京大式〉頭がスッキリするパズル　東田大志・東大・京大パズル研究会
勝負心　渡辺　明

(2013. 11) B

◆こころと健康・医学

こころと体の対話　神庭重信
愛と癒しのコミュニオン　鈴木秀子
人と接するのがつらい　根本橘夫
熟年性革命報告　小林照幸
依存症　信田さよ子
不幸になりたがる人たち　春日武彦
あなたのための がん用語事典　国立がんセンター監修 日本医学ジャーナリスト協会編著
熟年恋愛講座　小林照幸
めまいの正体　神崎　仁
親の「ぼけ」に気づいたら　斎藤正彦
傷つくのがこわい　根本橘夫
心の対話者　鈴木秀子
膠原病・リウマチは治る　竹内　勤
熟年恋愛革命　小林照幸
脳内汚染からの脱出　岡田尊司
花粉症は環境問題である　奥野修司

がん再発を防ぐ「完全食」　済陽高穂
「いい人に見られたい」症候群　根本橘夫
ダイエットの女王　伊達友美
うつは薬では治らない　上野　玲
スピリチュアル・ライフのすすめ　樫尾直樹
100歳までボケない101の方法　白澤卓二
医療鎖国　中田敏博
名医が答える「55歳からの健康力」　東嶋和子
民間療法のウソとホント　蒲谷　茂
〈達者な死に方〉練習帖　帯津良一
アンチエイジングSEX その傾向と対策　小林照幸
痛みゼロのがん治療　向山雄人
ごきげんな人は10年長生きできる　坪田一男
100歳までボケない 101の方法 実践編　白澤卓二
がん放置療法のすすめ　近藤　誠
最新型ウイルスでがんを滅ぼす　藤堂具紀
50℃洗い 人も野菜も若返る　平山一政
歯は磨くだけでいいのか　蒲谷　茂

卵子老化の真実　河合　蘭
がん治療で殺されない 七つの秘訣　近藤　誠
ヤル気が出る！ 最強の男性医療　堀江重郎
坐ればわかる　星　覚

◆教える・育てる

- 幼児教育と脳　澤口俊之
- 不登校の解法　団　士郎
- 大人に役立つ算数　小宮山博仁
- 子どもが壊れる家　草薙厚子
- 父親のすすめ　日垣　隆
- 食育のススメ　黒岩比佐子
- 明治人の作法　横山験也
- こんな言葉で叱られたい　清武英利
- 著名人名づけ事典　矢島裕紀彦
- 人気講師が教える理系脳のつくり方　村上綾一

◆サイエンス

- もう牛を食べても安心か　福岡伸一
- 巨匠の傑作パズルベスト100　伴田良輔
- 人類進化99の謎　河合信和
- インフルエンザ21世紀　瀬名秀明　鈴木康夫監修
- 「大発見」の思考法　山中伸弥　益川敏英
- 原発安全革命　古川和男
- ロボットが日本を救う　岸　宣仁
- 巨大地震権威16人の警告　『日本の論点』編集部編
- 同性愛の謎　竹内久美子
- 太陽に何が起きているか　常田佐久
- 生命はどこから来たのか？　松井孝典

◆食の愉しみ

- 発酵食品礼讃　小泉武夫
- 毒草を食べてみた　植松　黎
- 中国茶図鑑（カラー新書）　工藤佳治　兪　向紅　写真・丸山洋平
- チーズ図鑑（カラー新書）　文藝春秋編
- ビール大全　渡辺　純
- 実践　料理のへそ！　小林カツ代
- 一杯の紅茶の世界史　磯淵　猛
- 牡蠣礼讃　畠山重篤
- 鮨屋の人間力　中澤圭二
- 歴史のかげにグルメあり　黒岩比佐子
- 世界奇食大全　杉岡幸徳
- すきやばし次郎　鮨を語る　宇佐美伸
- 辰巳芳子　スープの手ほどき　和の部　辰巳芳子
- 辰巳芳子　スープの手ほどき　洋の部　辰巳芳子
- ウイスキー粋人列伝　矢島裕紀彦
- イタリアワイン㊙ファイル　ファブリツィオ・グラッセッリ

(2013. 11) E

外交官の「うな重方式」英語勉強法　多賀敏行
人声天語　坪内祐三
大人のジョーク　馬場 実
漢字の相談室　阿辻哲次
松本清張の「遺言」　原 武史
中島敦「山月記伝説」の真実　島内景二
名文どろぼう　竹内政明
源氏物語とその作者たち　西村 亨
漢詩と人生　石川忠久
名セリフどろぼう　竹内政明
弔辞 劇的な人生を送る言葉　文藝春秋編
易経入門　氷見野良三
語源の音で聴きとる！英語リスニング　山並陞一
五感で読む漢字　張 莉
「編集手帳」の文章術　竹内政明
ビブリオバトル　谷口忠大
新・百人一首　岡井隆・馬場あき子・永田和宏・穂村弘選
劇団四季メソッド「美しい日本語の話し方」　浅利慶太

(2013. 11) F

◆日本の歴史

皇位継承　高橋紘・所功
名字と日本人　武光誠
渋沢家三代　佐野眞一
ハル・ノートを書いた男　須藤眞志
古墳とヤマト政権　白石太一郎
昭和史の論点　坂本多加雄・秦郁彦・半藤一利・保阪正康
二十世紀 日本の戦争　阿川弘之・猪瀬直樹・中西輝政・秦郁彦・福田和也
手紙のなかの日本人　半藤一利
県民性の日本地図　武光誠
謎の大王 継体天皇　水谷千秋
歴史人口学で見た日本　速水融
日本兵捕虜は何をしゃべったか　山本武利
孝明天皇と「一会桑」　家近良樹
日本を滅ぼした国防方針　黒野耐
四代の天皇と女性たち　小田部雄次
閨閥の日本史　中嶋繁雄

日本の童貞　渋谷知美
合戦の日本地図　武光誠・合戦研究会
明治・大正・昭和 30の「真実」　三代史研究会
新選組紀行　中村彰彦・写真・神長文夫
大名の日本地図　中嶋繁雄
平成の天皇と皇室　高橋紘
女帝と譲位の古代史　水谷千秋
旧制高校物語　秦郁彦
伊勢詣と江戸の旅　金森敦子
福沢諭吉の真実　平山洋
日本神話の女神たち　林道義
対論 昭和天皇　原武史・保阪正康
明治・大正・昭和史 話のたね100　三代史研究会
名城の日本地図　西ヶ谷恭弘・日竎貞夫
日本文明77の鍵　梅棹忠夫編著
鎮魂 吉田満とその時代　粕谷一希
幻の終戦工作　竹内修司
「昭和80年」戦後の読み方　中曾根康弘・西部邁・松井孝典・松本健一

美智子皇后と雅子妃　福田和也
誰も「戦後」を覚えていない　鴨下信一
日露戦争 勝利のあとの誤算　黒岩比佐子
徳川将軍家の結婚　山本博文
謎の豪族 蘇我氏　水谷千秋
「悪所」の民俗誌　沖浦和光
宗教の日本地図　武光誠
同時代も歴史である 一九七九年問題　坪内祐三
あの戦争になぜ負けたのか　半藤一利・保阪正康・中西輝政・戸髙一成・福田和也・加藤陽子
特攻とは何か　森史朗
一万年の天皇　上田篤
十七歳の硫黄島　秋草鶴次
誰も「戦後」を覚えていない [昭和20年代後半篇]　鴨下信一
甦る海上の道・日本と琉球　谷川健一
昭和史入門　保阪正康
江戸城・大奥の秘密　安藤優一郎
昭和十二年の「週刊文春」　菊池信平編
旅芸人のいた風景　沖浦和光

日本のいちばん長い夏 半藤一利編
旗本夫人が見た江戸のたそがれ 深沢秋男
元老 西園寺公望 伊藤之雄
昭和陸海軍の失敗 半藤一利・秦郁彦・平間洋一・保阪正康・黒野耐・戸髙一成・戸部良一・福田和也
昭和の名将と愚将 半藤一利・保阪正康
シェーの時代 泉 麻人
銀時計の特攻 江森敬治
昭和二十年の「文藝春秋」 文春新書編集部編
零戦と戦艦大和 半藤一利・秦郁彦・前間孝則・鎌田伸一・戸髙一成・江畑謙介・兵頭二十八・福田和也・清水政彦
貧民の帝都 塩見鮮一郎
東京裁判を正しく読む 牛村 圭・日暮吉延
昭和天皇の履歴書 文春新書編集部編
誰も「戦後」を覚えていない［昭和30年代篇］ 鴨下信一
対談 昭和史発掘 松本清張
幕末下級武士のリストラ戦記 安藤優一郎
山県有朋 伊藤之雄
ユリ・ゲラーがやってきた 鴨下信一
父が子に教える昭和史 半藤一利・藤原正彦・中西輝政・柳田邦男・福田和也・保阪正康他

昭和の遺書 梯 久美子
「阿修羅像」の真実 長部日出雄
謎の渡来人 秦氏 水谷千秋
徳川家が見た幕末維新 徳川宗英
皇太子と雅子妃の運命 文藝春秋編
昭和天皇と美智子妃 その危機に 加藤恭子・田島恭二監修
帝国陸軍の栄光と転落 別宮暖朗
指揮官の決断 早坂 隆
硫黄島 栗林中将の最期 梯 久美子
皇族と帝国陸海軍 浅見雅男
天皇はなぜ万世一系なのか 本郷和人
戦国武将の遺言状 小澤富夫
評伝 若泉敬 森田吉彦
帝国海軍の勝利と滅亡 別宮暖朗
日本人の誇り 藤原正彦
松井石根と南京事件の真実 早坂 隆
「坂の上の雲」100人の名言 東谷 暁
徹底検証 日清・日露戦争 半藤一利・秦郁彦・原剛・松本健一・戸髙一成

天皇陵の謎 矢澤高太郎
謎とき平清盛 本郷和人
よみがえる昭和天皇 辺見じゅん・保阪正康
原発と原爆 有馬哲夫
信長の血統 山本博文
日本型リーダーはなぜ失敗するのか 半藤一利
中世の貧民 塩見鮮一郎
東京裁判 フランス人判事の無罪論 大岡優一郎
児玉誉士夫 巨魁の昭和史 有馬哲夫
伊勢神宮と天皇の謎 武澤秀一
藤原道長の権力と欲望 倉本一宏
継体天皇と朝鮮半島の謎 水谷千秋
国境の日本史 武光 誠

(2013. 11) A

文春新書

◆世界の国と歴史

- 二十世紀をどう見るか　野田宣雄
- ローマ人への20の質問　塩野七生
- 民族の世界地図　21世紀研究会編
- 地名の世界地図　21世紀研究会編
- 人名の世界地図　21世紀研究会編
- 歴史とはなにか　岡田英弘
- 名将たちの戦争学　松村　劭
- 常識の世界地図　21世紀研究会編
- イスラームの世界地図　21世紀研究会編
- ハワイ王朝最後の女王　猿谷　要
- 色彩の世界地図　21世紀研究会編
- 歴史の作法　山内昌之
- ローマ教皇とナチス　大澤武男
- 食の世界地図　21世紀研究会編
- 戦争の常識　鍛冶俊樹
- フランス7つの謎　小田中直樹
- 新・民族の世界地図　21世紀研究会編
- 戦争指揮官リンカーン　内田義雄
- 空気と戦争　猪瀬直樹
- 法律の世界地図　21世紀研究会編
- ロシア　闇と魂の国家　亀山郁夫　佐藤　優
- 国旗・国歌の世界地図　21世紀研究会編
- 金融恐慌とユダヤ・キリスト教　島田裕巳
- 新約聖書Ⅰ　新共同訳　佐藤優解説
- 新約聖書Ⅱ　新共同訳　佐藤優解説
- 池上彰の宗教がわかれば世界が見える　池上　彰
- 池上彰の「ニュース、そこからですか!?」　池上　彰
- チャーチルの亡霊　前田洋平
- イタリア人と日本人、どっちがバカ?　ファブリツィオ・グラッセッリ
- 二十世紀論　福田和也
- 池上彰のニュースから未来が見える　池上　彰

◆アジアの国と歴史

- 韓国人の歴史観　黒田勝弘
- 蔣介石　保阪正康
- 中国人の歴史観　劉　傑
- 在日韓国人の終焉　鄭　大均
- 「南京事件」の探究　北村　稔
- 中国はなぜ「反日」になったか　清水美和
- 竹島は日韓どちらのものか　下條正男
- 在日・強制連行の神話　鄭　大均
- 東アジア「反日」トライアングル　古田博司
- 歴史の嘘を見破る　中嶋嶺雄編
- 〝日本離れ〟できない韓国　黒田勝弘
- 韓国・北朝鮮の嘘を見破る　鄭　大均　古田博司編
- 北朝鮮・驚愕の教科書　宮塚利雄　宮塚寿美子
- もし、日本が中国に勝っていたら　趙　無眠（富坂聰訳）
- 百人斬り裁判から南京へ　稲田朋美
- 乾隆帝　中野美代子

文春新書好評既刊